文芸社セレクション

ヴェローナの月／どすこいガイド

村尾 基

MURAO Motoi

JN126969

文芸社

目次

ヴェローナの月

一

昭和五十五年。その年の夏は殊の外暑く、東京もうだるような暑さが続き、晴れた日の昼間は日射しが強く、まともに外に立っていられないほどだった。七月の終わりから母と私は、避暑のために祖父が建てた日光の中禅寺湖畔の別荘に来ていた。東京の暑さから逃げのびてきて母は、軽やかになっていた。だが、母が軽やかになっていたのは、もう一つの理由もあった。夫、すなわち私の父がこの別荘にはいなかったからだ。父は仕事が忙しいという理由で、一人東京に残ったが、仕事が忙しいという理由は、子供の私でもわかる嘘だった。いずれにしても、父はひと夏を日光の別荘で優雅に過ごすよりも、母のいない東京を選んだのだった。

父は義父が経営する会社に勤めていて、会社には運転手付き車で通っていた。毎朝運転手が家の玄関まで来ると「じょうむ、じょうむ」と父のことを呼んでいた。ある朝から私には意味不明のこの「じょうむ」という父の呼称は、「せんむ」に変わった。私は三十年前の当時、十六歳で、なぜ周りの人が父の名前を呼ばすに、「じょうむ」やら「せんむ」とやらで父のことを呼んでいるのかわからなかった。父はもうすでに初老の域に達していたが、母はまだ三十代後半だった。母は美しかった。煌めくように美しかった。私は小学校の父兄参観日に、母が来てくれることをとても楽しみにしていて、参観日に母が小学校の教室に入ってくると、その教室の空気が変わることが私にもわかった。母の美しさは私の自慢の種だった。ここ日光でも母の所作と美しさは変わりなく、穏やかな日々を過ごしていた。

日光にいる間、母と私は毎朝決まった時刻に起き、パンとたっぷりのフルーツを食べた後に、別荘の前の船着き場から手漕ぎボートに乗り、中禅寺湖に「お散歩」に出かけた。母がボートを漕ぎ、対面に私が座った。母は器用にボートを操っていた。母がゆっくり漕ぐオールの、ぎぃ、ぎぃ、という音はリズミカルで、湖面を滑るように進むボートは、爽やかな風を生み出していた。母はつばの広い麦藁帽をいつもかぶっていたが、何度も風で飛ばされそうになって、かろうじて帽子のひもが首に引っかかっていて、飛ばされずに済んでいた。

母と私はいつも湖の対岸まで進んで、小さな砂浜に上陸し、その砂浜に生えているこんもりとした木々が作り出す木陰で、腰を下ろして休んだ。そこはまるで母と私だけに特別に作られた砂浜のようで、その砂浜にはいつも母と私しかいなかった。たまに朝食で食べきれなかったバナナやキウイなどを持ってきて、二人で分け合って食べた。別荘のダイニングテーブルで食べるよりも、ここで食べるフルーツは格別においしく感じ、私はお気に入りだった。小さな砂浜で小一時間ほどのんびりと湖を眺めた後、母と私はまたボートに乗って別荘の船着き場を目指した。母がオールを漕ぐ音は来た時よりもかなりスローテンポになり、いつもどこか悲しげな旋律が似合う音となっていた。

二

夏の日の午後の時間はゆっくりと流れた。私は別荘のダイニングでランチを食べた後、二階の自分の部屋に上がり、窓から見える中禅寺湖を眺めたり、ヴァイオリンを弾いたりしていた。たまにベッドに横たわって、東京から持ってきた三島や漱石の小説を読んでいたが眠くなって、そのまま寝てしまうこともあった。目を閉じていると、母が一階のリビングでピアノを弾く音が微かに聞こえた。母は毎日欠かさずピアノを弾いていた。バッハの曲をよく弾いていたが、イギリス組曲が殊の外好きなようで、何度も弾いていた。夏の午後のけだるい時間に、バッハの旋律が小気味良く響いていた。私が二階に上がらず、午後リビングに残っている時も、母は私に構うことなくバッハを弾いた。私は母がピアノを弾いている姿がとても好きだった。特に楽譜の音符を真剣に追いかけている横顔は、凛としていて、見ていると息をころさなければならなった。この横顔は私しか知らないはずで、独占している思いがあった。私は驚くほど優越感に浸っていた。私がじっと見ていても、母のピアノは止まることはなかった。だが、母がバッハを弾き終わって、裏の山で鳴く蝉の声が、復活したように聞こえ始めると、夏の午後のけだるい時間が戻ってきた。母はいつもこの時間に不機嫌な顔つきをしていた。私はそれを見てなぜか悲しくなり、二階への階段を昇った。そして今度は私がヴァイオリンを弾き始めるのだった。

秋の全国ヴァイオリンコンクールが迫っていた。私は「高校生の部で三位以内に入賞したい」と目標を持ち、悲愴感を漂わせて練習していた。私は四歳からヴァイオリンを始め、毎週日曜に母に連れられて一時間半もかけて電車を乗り継ぎ、ヴァイオリンの先生のところにレッスンに通った。高額のレッスン料だったろうが、母は気にも留めなかった。ヴァイオリンは子供が成長するにつれて、より大きいヴァイオリンに買い替えてゆかなければならないが、母は高価なヴァイオリンを惜しみなく私に買って与え、新聞社主催の全国コンクールに出場するように言った。私は母の指示通りにコンクールに出場すべく、小学校、中学校とヴァイオリンの練習で明け暮れて、高校生になってからコンクール出場が現実味を帯びるくらいヴァイオリンの腕を上げてきていた。

三

父と母は、父が大学に入るために地方から東京に出てきて知り合った。当時父は大学生で、中学生の母の家庭教師をしていた。二人は母が大学を卒業するのを待って結婚した。母は幼い頃から聡明で芯が強く、家庭に入るというよりも、商売をうまく回すタイプだった。父は大学卒業後、一時銀行に勤めていたが、三十代半ばで退職し、母の実家の神田にある商家に婿養子として入った。婿なので当然結婚後に姓が変わった。その商家では社長である祖父と母が、商売上の交渉などすべて切り盛りしていて、江戸時代から三百年間続く伝統ある商売を支えていた。私も生まれて、父も母も人生が順風満帆のようだった。

だが、私が生まれてから二年くらいが経った頃から、父は母の実家に居づらくなってきた。母が嫌いになったということではない。もともと父は商売には向いておらず、居候のようなものだった。ある時、父は意をけっして、義理の父親に今後の行く末を相談してみた。義理の父曰く「もう孫も生まれて、この家の跡取りができた。だから、君が今の生活に不満があるなら一人で出てゆきなさい。」ということだった。父はようやく自分の立場を理解した。そしてなぜこの家が、田舎から出てきた凡庸な自分を、婿養子に迎えたかがわかった。父はこの商家の跡取りではなく、次期の跡取り、つまり子供を母と一緒に作ればそれで良いということだった。跡取り息子をつくる他には、この家での父の存在価値はまったくなかった。婿養子が凡庸であればあるほど、この家には都合がよかった。父がこの家を出れば、その時点で、母も仕事も住居もすべて失うことになる。母にしがみついていれば商家の若旦那として、何一つ不自由ない生活が送れる。父に商売の才覚がなくても、社公的で商売に秀でた母がいれば家は繁盛する。

　父は安易な人生を選ぶことにした。父は「常務取締役」の肩書を義理の父からもらい受け、昼間は運転手付きの車で形だけ出社し、夜は業界の集まりと称して、同じような類の仲間と、銀座や六本木で旨い酒を飲んでいればよかった。たまには母の両親が建てた日光にある別荘に行って、寝転んで本でも読んでいればよいのだ。こんな楽な人生はないだろう。母と結婚していなければ、こんな優雅な生活は送れないのだ。父はいくら母の実家で居候扱いされても、日々の退屈を我慢した。数年たって、父は「専務取締役」の肩書を義理の父からもらい受けたが、ますます無為な生活を送るようになった。いや、無為な生活というよりは、自分に合った生活を送り始めたと言ったほうが正解だった。

四

その日は午後から霧雨が降り始めた。夏の盛りとはいえ、日光は雨が降ると結構寒かった。母は、近くのイタリア大使館の別荘のパーティに招待されており、外出の準備をしていた。日光には東京にある欧州各国の大使館が、大使やその家族、大使館員のために別荘を建設しており、夏の間、多くの外国人が避暑に来ていた。イタリアだけではなく、イギリスやフランスなども日光の中禅寺湖畔に、並ぶように大きな別荘を構え、多くの外国人が行き交う中禅寺湖畔は、とても日本とは思えない様相だった。各大使館の別荘は、付近の別荘の住民と交流しようとして、夏の夜にパーティを催すことがたまにあり、今夜はイタリア大使館の別荘が住民を招待していた。どのような基準でその招待客が選考されるのかわからなかったが、毎年父と母は招待されており、今年は父が不在なので、母だけがパーティに行くことになっていた。

母の寝室のドアが少しだけ開いていたので、私はそっと近づき室内を覗き見た。母は鏡台の前に座っていたが、すでに化粧を終えて、仕上げとばかりに橙色のイヤリングを鏡台の引き出しから出して、耳に着けるところだった。鏡に映った母の姿は、イヤリングを着けようとして腕を体の前で交差していた。それはすばらしくたおやかに見えて、修学旅行で行った奈良の中宮寺で見た弥勒菩薩像を私に思い起こさせた。橙色のイヤリングは、母のショートボブに頗る似合い、その顔の輪郭で綺麗にそろえられた黒い髪で、微妙に見え隠れしていた。母は鏡台の前の小さいスツゥールに座っており、白いワンピースで覆われた母の尻は、そのスツゥールには大きすぎて、母の体重を受けて白い餅のように、ぐにゃり、と横方向に広がっていた。一瞬なんと醜悪だろうかと思ったが、なぜか蠱惑的と感じ始めた。私は息をのんで母の白い尻を凝視した。母がこちらを振り向きそうだったので、私はそっと後ずさりでドアから二歩、三歩とゆっくりと離れ、ドアから五歩位離れたところで、踵を返して一目散に走って、足音がしないように階段を駆け上がり、二階の自分の部屋に戻った。普通では考えられないような速さだった。私は部屋に入るなりベッドに倒れ込んだ。心拍数が異常に上がって、枕につけた首の動脈がひくひくと震えているのがわかった。これは一気に別荘の階段を駆け上ったせいだけではなく、別の要因もあることが言わずもがな私にはわかっていた。私の部屋の窓から、母が玄関から傘もささずに、迎えの車に乗り込むのが見えた。車は狭い道の坂をゆっくり下ってゆき、その遠ざかる車のテールランプが、霧雨の向こうにゆっくりと消えていった。

五

時計の針は夜の十時を七、八分回ったところであった。夕方から降り始めた雨は本降りになって、別荘の軒先を激しく打ち鳴らしていた。母はまだパーティから帰って来なかった。私は二階の自分の部屋で、静かに三島を読んでいた。すると、遠くで電話が鳴る音が聞こえた。電話などかかってくることは珍しく、私は興味を抱きながら、あわてて一階に降り、リビングの電話をとった。電話は父からだった。母が外出中であることを私が告げると、父は何も言わずおもむろに電話を切った。

そういえばこの電話で、三日前に父から母あてに手紙が届いていたことを思い出した。その日の朝「ボート散歩」から帰ってきた時、私は別荘の郵便受けに一通の手紙が入っているのを見つけ、取り出して母に手渡した。母は玄関を入った脇の棚に置いてあるペーパーナイフで、手紙の封を丁寧に切り、黙ってリビングに向かってゆっくり歩きながら手紙を読み始めた。二歩、三歩進んだところで、母は急に立ち止まって手紙を読むのを止め、きりっと前を向いてリビングを足早に横切って自分の寝室に入ってしまった。私は手紙を郵便受けから出す時に、差出人が父であることがわかっていたので、父が何を手紙に書いてきたのか知りたかった。だが、それは無理だった。母は寝室に入ったきり、午前中は出てこなかった。

父から電話があって、私が受話器を置く前に、急にバタンと玄関のドアが開いた。母が仁王立ちでドアのところに立っていた。外はたたきつけるような激しい雨で、玄関の外灯の明るい光が逆光になり、母の姿を真っ黒な陰にして映し出した。母はゆっくりと家に入ったが足がもつれてバランスを崩し、両膝を玄関ホールの石の床についた。そして両手も床につけてしまい、四つん這いの格好となった。肩にかけていた金のチェーンがついている白いハンドバッグは、手首のところまでずり落ちて止まっていた。母は大きく肩で息をして、目を真正面に見据えた。その姿は獲物を狙う女豹のようであった。稲妻が光り雷鳴がとどろいた。その瞬間、その動物は激しく嘔吐し始めた。ぐぇぇ、ぐぇぇと吐く姿は、何か体の中にいる悪魔を口から絞り出すような姿態だった。母の吐物は大量で、アルコール臭い液体が玄関ホールから二段下がったリビングの床まで、ぬるぬると蛇のように階段を伝わって流れてきた。吐物の一部は石の床に跳ね返って、母の白いワンピースにまだらなシミを作っていた。私は体が硬直して声も出すことも、動くこともできなかった。母はドアのノブにつかまって、立膝ついてのろのろと立ち上がり、リビングまでの二段の階段をよろけながら降りて、唖然としている私の前を、私などそこに存在していないかのように横切り、リビングのソファにどさぁ、と座り込んだ。白いワンピースの裾がめくり上がり、太腿があらわになった。母は裾の乱れなどまったく気にせず、おもむろに白いハンドバックから煙草を取り出して、マッチで火をつけてうまそうに吸い出した。美しい鼻孔から二本の煙をふぅっ、とまっすぐに三十センチくらい吐き出て、それこそ一息ついたようだった。

今まで見たこともない母の姿を初めて見て、私は驚きよりも激しい嫌悪感を抱いた。やがてその感情は、ゆっくり喪失感に変わっていった。母は鼻から何度も煙を吐いてぐったりしていた。私は二階への階段をのろのろと上り始めた。階段の途中で振り返って母を見てみると、母は目をかっ、と見開き、ものすごい形相で天井を見つめていた。いったい何があったのだろうか。私は考えるのをやめて、階段の残り半分を上り切った。玄関のドアはまだ開いていて、稲光から二拍くらい遅れてとどろく雷鳴が激しく聞こえた。

六

翌朝は雲一つない素晴らしい天気だった。私は恐る恐る階段を下りて、リビングに向かった。玄関ホールは何ごともなかったように綺麗になっていた。母はいつものように朝食の用意をしていた。私は、昨晩父から電話があったことを伝えようと思ったが、伝える気が急速に萎えてしまった。母と私は向かい合って黙って朝食を食べた。蝉の鳴く声が朝の静寂を切り裂いてうるさいくらいだった。

いつもの「ボート散歩」に行く準備を母がし始めた頃、玄関のチャイムが鳴った。客人なんぞ来たことがないので、私はゆっくり警戒して玄関のドアを開けた。一人のがっちりした体格の外国人の青年が、サングラスをかけて立っていた。顔は黒い髭で覆われ、一瞬粗暴のような印象を受けたが、サングラスをとると優しい眼差しをしていた。「ボンジョルノ」彼は私が聞いたことがない言葉で、挨拶をしたようだったが、私はどう応えたら良いのかわからなかった。すると母がいつの間にか私の後に来ていて何か言葉を発した。彼はその言葉に反応して微笑み、別荘に入ろうとしたが、私は無意識に彼の前に立って、彼が別荘に入るのを邪魔した。だが彼は私の目線まで腰を折って、何やらつぶやき、その後姿勢を正して堂々と別荘に入ってきた。すると母が彼に向って何か提案したらしく、彼は大きく頷いて、踵を返して玄関から外に出て、ボートが係留してある別荘専用の船着き場まで行き、母と私のことを手招きした。「そうか、今日の『ボート散歩』に母は彼を誘ったのか」私は合点がいったが、彼と一緒に「ボート散歩」をするのは気が進まなかった。母は手にフルーツを入れたバスケットを持ち、晴れやかな顔で玄関に現れ、私をボート乗り場へ連れて行った。私はまったく気のりしなかったが、一人で別荘に残るのは、なおのこと気分が暗くなってしまうのではないかと思い、ボートに乗ることにした。

ボートは彼が漕いだ。白いポロシャツから出ている腕は、筋肉隆々だった。ボートはいつも母が漕ぐ倍くらいのスピードで湖面を疾走した。母はその予想もしないスピードに興奮してか、きゃぁ、きゃぁ、と子供のような嬌声をあげた。それはあまりにもわざとらしい騒ぎ方で、私は反吐が出そうだった。いつもの麦藁帽子は、ひもを首にひっかけて背中に背負うようにするのではなく、母は右手の手のひらでしっかりと頭に抑え、風に飛ばされないようにしていた。私は母の横に座り、スピードが出ているボートから降り落とされないよう、ボートの縁にしっかりつかまっていた。あっという間にいつもの対岸に到着して、三人は砂浜に上陸した。彼はサングラスをかけていて表情がよくわからなかった。母はショートパンツをはいていて、白い素足は目に眩しかった。母と彼は並んで砂浜に座り横に二メートル位離れて私が座った。私は母と彼と三人で、「ボート散歩」に来たことを後悔した。早くこの時間が過ぎてしまわないかと切に願った。だが、私の願いとは裏腹に、ここでの時間は気が遠くなるほどゆっくり流れていた。母と彼は、私なんぞ存在していないが如く、私の知らない言葉で話し、大いに笑っていた。いつ母が彼の言葉を習得したのか、私にはわからなかった。

時々母は、くふふぅ、と鼻で笑い、大げさに目を見開いて驚いたりしていた。母が笑う時に空気が漏れる鼻からは、昨晩何本もの白い煙草の煙が一直線に出ていたことを思い出し、私は微かに笑ってしまった。私の嘲笑を、母は肯定的な微笑と勘違いし、バスケットからバナナを一本取り出して私に笑いながら放り投げた。私はバナナをうまく掴むことができず、バナナは乾いた白い砂浜に、ぐさっ、と縦にささってしまった。母は大笑いしてもう一本バナナをバスケットから取り出し、投げようとしたが、私は砂浜からバナナを抜いて、砂をはらい皮をむいて食べ始めた。砂は十分にはらったつもりだったが、それこそ砂を噛む思いがした。いったい私はこれからどうすれば良いのか。私にはまったくわからず、黙ってバナナを食べるしかなかった。

「ボート散歩」を終えて、三人は別荘に戻った。母はどうやら彼に昼食も食べていったらと誘ったようだったが、彼は両肩をすくめてできないと言ったようで、玄関わきに停めてあったオープンタイプのスポーツカーに乗って、どこかに帰っていった。私はこの青年のことよりも母を嫌いになった。嫌いというより、憎いという感情が湧いてきて、どうしたらよいかわからなかった。

七

あくる日も、昨日とおなじくらいの時刻に彼は別荘にやってきた。昨日と同じようにまた「ボート散歩」をすることになったが、私は遠慮した。今日もまた昨日と同じような虚しい時間を過ごすのは、まっぴらごめんと思った。母と彼は嬉々として船着き場に降りて行った。私はリビングのカーテンの陰に隠れて、二人の姿をそっと覗き見した。ボートには彼が先に乗って立っていて、紳士然としてさっと手を伸ばして、母の華奢な手を掴もうとした。だが母はあわててボートに飛び乗ったので、着地の時にボートが大きく揺れてしまった。彼は母の手を掴みながら母の体をぐっと引き寄せ、バランスを崩した母を抱き寄せた。そして二人は接吻した。朝の光の中での長い接吻だった。私は初めて男女が接吻しているのを見た。なぜか私が思い描いていたような接吻ではなかった。ボートは湖の弱い波を受け少し傾き、そのタイミングで二人は接吻を終え、何事もなかったようにふるまった。私は下手な芝居を見たような気がして、これ以上覗き見するのも気分が悪くなるだけだと思い、二階の自分の部屋に戻った。外側に開く洋式の窓を大きく開けると、二人を乗せたボートが湖面を音もなく滑ってゆくのが見えた。母の麦藁帽子が湖のへそのように見えて、なんだかおかしかった。私はベッドに寝転がって、三日前から読んでいる三島の小説を読み始めた。だが文章はまるで頭に入らなかった。

私はまた窓に近づいて、湖面のボートを探した。ボートはもう湖にはなかった。二人はすでに対岸に着いたようだが、遠くてよく見えなかった。私は棚から双眼鏡を出して、対岸の砂浜の方向を見やった。私は砂浜にいる二人を見つけたが、覗き見したことを後悔した。だが、不埒な考えが浮かび、私は双眼鏡で見るのをやめて、棚から一眼レフカメラを取り出して、単焦点レンズを望遠レンズに変え、矢継ぎ早に二人の姿を撮影し始めた。連写にして何枚も撮影した。実は私にはその時見た場面の詳細な記憶が消えてしまっている。無理やり記憶のひだに押し込めたのかもしれない。事実であることは間違いなく、決して忘れるはずのない出来事だったがどうしても思い出せない。いや、思い出すことを内なる自分が拒んでいるようだった。

八

　翌朝私は、ヴァイオリンの弦が昨夜一本切れてしまったので、宇都宮まで買いに行くことにした。母には「東照宮も見てくるから、帰るのは四時頃になる」と言って、朝食後に一人で中禅寺湖畔からバスに乗り、日光駅に向かい、ローカル線に乗って宇都宮に向かった。宇都宮では、弦を売っている楽器店を見つけるのに一苦労して、思わず時間がかかって、疲れてしまった。昼食を宇都宮で食べて、東照宮には行こうと思えばいつでも行けるので、次の機会に回すことにした。

　私は三時前に中禅寺湖畔のバス停にもどり、別荘までの坂をのろのろと上がって行った。すると彼の赤いオープンタイプのスポーツカーが玄関の脇に横付けされていた。私は「やはりそうか」という納得感を持った。母が弾くピアノの音が聞こえた。不思議なことにいつものバッハのイギリス組曲ではなく、イタリア組曲を母は弾いていた。突然ピアノの音が止んだ。玄関のドアが少しだけ開いていたので、私は室内を覗き見た。二人は接吻をしていた。私はさほど驚かなくなっていて「さもありなん」と頷いた。母はピアノ椅子に座っていて、右側に立っている彼がやや腰を折って、上を向いている母の唇をむさぼっていた。母の唇は池の鯉がえさを欲しがって、口をぱくぱくするさまに似ていた。彼がぐいっ、ぐいっ、と母を唇で押すので、母は左側に倒れてしまわないようにと、左手で自分の体を支えるために、無意識にピアノの低音のひとつのキーを小指で強く押した。どぉーん、という無機質なピアノの弦の音が、寺の鐘のように鳴り、部屋中に響いた。それでも二人はお互いの唇をむさぼりあっていた。私が覗き見していることなど知らないはずだが、これ見よがしに私に見せつけているのではないかと思った。

突然、坂の下から猛烈なスピードで車が上ってきた。父の車だった。私はどうして父が急にやって来たのかわからなかったが、父が別荘の中の母の姿を見たら「面白いことになるぞ」と一人でほくそ笑んだ。私は咄嗟に玄関わきの低い木の茂みに身を潜めた。これから起こることが楽しみで、体中がぞわぞわした。父は黒い鞄を持って素早く車を降りて、猛烈な勢いで別荘に入っていった。玄関わきに停めてあった赤いスポーツカーなど、父の眼中にはなかった。父は半開きになっていた玄関のドアを、引きちぎるように開け放ち、中に入っていった。玄関のドアは、ばたん、と閉められてしまい、私は中を覗き見ることができなくなってしまった。

急に私から一メートルくらい離れた左の低木の茂みが揺れた。私は驚いたが、裏山にいる小動物でも来たのかと思った。だが、なんと外国人の彼が身をかがめて、その茂みの中にいた。多分、彼は父の車が来る音で状況を察知して、逢瀬を中断し、父が別荘に入ってくる前にリビングから台所に逃げ込み、裏口から外に出て、別荘の周りを半周し、玄関近くまでやってきたにちがいなかった。彼は私に気づくと一瞬驚いたが、右手の人差し指を口にあてて、私に静かにするように無言で指示した。私は彼の意図をくみ取り頷いた。彼は腰を折って身をかがめたまま、素早く赤いスポーツカーに駆け寄り、左ハンドルの運転席に座るや否やエンジンをかけて、器用にバックして車を操り、湖畔に続く坂を素早く下りていった。それはほんの一瞬の出来事だった。

私は修羅場が見られないのかと、大いに落胆した。このまま別荘に入るのも気が進まなかったので、低木の茂みからのろのろとはい出て、湖畔に続く坂を下り、中禅寺まで歩いて行ってみた。ゆっくり寺の境内を歩き、時間をつぶした。いったい自分は何をしているのか、と自問自答したが、夏の夕暮れの中禅寺湖を見ている間に気が落ち着いてきた。三十分後、私は別荘に戻り、恐る恐るドアを開けて中に入っていった。母と父は、ダイニングでコーヒーを飲んでいた。二人とも穏やかな表情で、私は拍子抜けしてしまった。

「もう話が済んだので帰るよ。」と父が言い出した。

私には何の話なのかよくわからなかったが、父は持ってきた黒い鞄に書類を入れて、玄関に向かって歩き出した。ドアのところで突っ立っていた私に、父はようやく気づ

き、

「お、帰っていたのか。東照宮はどうだった?」と聞いた。

「ああ、良かったよ。」と私は短い生返事をして、父に、

「渡すものがあるから、ちょっと待って。」と言った。私は二階の自分の部屋に足早に行き、棚から一眼レフカメラを出して、カメラの中のフィルムを巻き戻した。じぃぃ、という鈍い機械音を立ててフィルムが巻き戻っていったが、完全に巻き戻るまで思ったより長く感じ、私はいらいらした。フィルムが巻き終わると、私は素早くカメラからフィルムを取り出して手に取り、転ぶように階段を駆け下りて、父が待つ玄関ホールに舞い戻った。私は父に、

「東京に帰ったら現像しておいて。」と言った。

父は軽く頷いて、そのフィルムも黒い鞄に入れた。父は母のほうを振り向きもせず、黙って玄関のドアを押して、別荘を出て行った。

母は父が出て行ってしまうと、意を決したように両手をテーブルについて、すっくと立ち上がった。そしてゆっくり寝室に消えていった。私は無性にのどが渇いていたので、テーブルの上にあったカップに少し残っていた父のコーヒーを、一気に飲み干した。そしてゆっくり二階の自分の部屋に上がった。私は新しく買った弦を、切れた弦と取り換えてヴァイオリンにつけて、弓に松脂をつけて、息をふぅぅ、と吐いて弾

く構えをした。秋の全日本ヴァイオリンコンクールまで、あと二か月を切っていた。ヴァイオリンを真剣に練習しなければならない。今回はぜひとも上位入賞を果たしたかった。誰のためでもなかった。私はゆっくりパガニーニの小品を弾き始めた。だが、まったく集中できなかった。私は少しいらいらしたが、そのうち抵抗し難い眠気が襲ってきてベッドに倒れ込んだ。遠くで母が弾くピアノの音が聞こえた。

九

それから一週間くらい経ったある日の午後、私は中禅寺湖畔に一人で散歩に出かけた。夏の盛りに比べて日が少し短くなってきて、中禅寺湖は夕日を受けて、きらきらと輝いていた。別荘に戻ろうとのろのろと坂を上っていたところ、坂の途中で、大きな鞄を持った白髪の老人が苦しそうな表情をして、動けない事態に陥っているのを見つけた。この老人には私は初めて会ったが、老人のもとに咄嗟に駆け寄り、様子を窺った。どうやら老人は坂を降りる途中で足がもつれて、一時的に歩けなくなったようだった。私を見ると、

「大丈夫ですよ。」と、老人は年の割には明瞭な声で言った。

「私の家はすぐそこなので、休んでいかれますか。」

「いえいえ、それには及びません。」

心配して別荘で休むように提案した私に、老人は深く頷きながら応え、立ち上がった。しっかりとした足取りで歩き始め、ゆっくり坂の下に消えていった。私は老人が下って行った方向を見やったが、なぜかまたこの老人に、重大な場面で会うのではな

いかと、奇妙な感覚を覚えた。

私は坂を上りきって別荘に戻り、母に、坂の途中で老人が難儀していたことを話した。

「ああ、その人なら今しがたここに来ていた弁護士さんよ。」と母は私に言った。

「おとうさんとおかあさんは離婚するのよ。弁護士の先生が、離婚に必要な書類に私の判子が必要だからと言って、わざわざ東京からお見えになったの。」

ここで私が母に何か問い詰めたら、かえって話がややこしくなるかと思い、私は黙っていた。母があまりにも軽い調子で父との離婚の話をしたので、私は事の重大さがよく呑み込めなかった。だが、素朴な疑問として、日光での母の嬌態が父に知れて離婚するのだろうか。それとも何か他の理由があるのか。私が怪訝な表情をしていると、母は私が予想もしなかったことを平然と言い放った。

「そうそう、言っておくけど、あなたには妹が一人いるのよ。お父さんが外で作った子よ。今十三歳くらいかな。その子の母親が先月亡くなって、その子は一人ぼっちになってしまったの。それでお父さんは私と離婚して、その子を育てることにしたのよ。お父さんが家を出て行っても、私とあなたは今まで通り何も変わらないわ。」

私は母親が立て続けに言うことが、耳では聞こえていたが頭では処理しきれず、何も言うことできなかった。

「それより、あなた、ヴァイオリンのほうは練習しているの。最近ちっともあなたの部屋からヴァイオリンの音が聞こえないじゃないの。しっかりしてね。」

十

私は、秋の全日本ヴァイオリンコンクールの高校生の部で三位に入賞した。私は日光から帰ってきてからコンクールの日まで、何かを忘れようとして必死に練習したのだった。夏に宇都宮で買った弦は、意外といい音がして私を喜ばせた。母は私がコンクールで全国三位となったので、俄然張り切りだした。「来年のコンクールで優勝を狙え」と言うのだ。母は優勝するためには、私をもっと良い環境で練習させようと、何らかのつてを使って イタリアのミラノ音楽院の夏期講習に私を参加させようとした。講習費用は私にはわからなかったが、多分驚くほど高額であったはずだ。私はまた来年の夏も日光に行ってボートに乗ったりする生活が、面倒になっていたし、またあの外国人の青年に会うのかと思うと鬱陶しかった。彼に媚びを売るわざとらしい母を見るのは、もっと嫌で不愉快だった。私は母から提案があったミラノ行きを二つ返事で承諾した。ミラノ音楽院は普通は、私なんぞが入れるはずがないほどレヴェルが高い音楽学校だが、一か月の夏の講習には私の全国コンクールのビデオテープを送って、日本でレッスンを受けている先生の推薦もあり、なんとか潜り込むことができた。

だが問題がひとつあった。言葉だった。ヴァイオリンの講習は、もちろんイタリア語で教授され、さらに高校が夏休みの一か月間、ミラノで生活するためイタリア語の学習は必須だった。そこで母はイタリア語教室に私を通わす手はずを整え、私は四月から高校の授業が終わった後に、週二回通うことになった。イタリア語は私の性に合っていた。男性名詞、女性名詞、人称による動詞の変化、過去もたくさん用法があるし、接続法やら条件法やら、やたら文法的にはややこしい言語であるが、何よりもこの言葉の音楽的な響きが気に入った。「こんな言葉が世界にあるのか」と私は思い、みるみるイタリア語を上達していった。

ある日、八時頃にイタリア語の授業が終わり、教室が入っているビルの外に出てみると、見覚えのある車が駐車してあった。あの日光で会った外国人の彼の赤いオープンタイプのスポーツカーだった。左ハンドルの運転席には彼が乗っていた。私は、はっと息をのんで彼に気づかれないように、ビルの壁に隠れて彼を覗き見した。数分もたたぬうちに、私のクラスを担当する若いイタリア人女性が現れた。彼女は黒いワンピース姿で、赤いハンドバッグを持っていたが、教室で教えている時とは別人のように濃い化粧をしていた。二人はお互い両頰を触れ合って挨拶をして、彼は私でもわかるイタリア語で、女性に向かって「愛しの婚約者よ」と言った。彼らの様子はまるで映画の一シーンのようで、ここは東京ではなくローマのような錯覚を私は覚えた。

彼がイタリア人であることが私はようやくわかった。そして女性が助手席に乗り込むや否や、車は大きなエンジン音を立てて、猛スピードで夜の闇に消えていった。私は「覗き見なんてするんじゃなかった」と一人で後悔して、やるせない気分になった。だが、気を取り直してゆっくり歩き出した。北の丸公園を右に見て、なだらかな坂をゆるゆると地下鉄の駅に向かって下りて行った。千鳥ヶ淵の桜は満開で、多くの人が夜桜見物を楽しんでいた。私はその中をすり抜けて進んだ。なぜか孤独感で胸がいっぱいだった。

十一

昨年の夏から今年の春まで、いろいろなことがあったが、たいして気にすることではなかったのかもしれない。これが所謂大人の世界なのだろうか、と疑問がふつふつと湧き起こっていたが、私には答えはどうしても出て来なかった。私は十七歳になっていたが、まだ大人の世界が魑魅魍魎としていて、まったくわからなかった。この世に答えようがないことがあることがだんだんわかってきた。何かどうでもよくなってきた。現実として認識するが、どう自分が対処すれば良いのかわからなかった。答えを出そうとするから悩んで、苦しんだりするのかもしれない。なぜ私はこれだけ悩まなければならないのか。一つに私が未熟なのに、すでに大人の世界を覗き見してしまって、私自身が追い付いていないのかもしれない。或いは私の周りの人々が、父といい、母といい、あのイタリア人の彼といい、特別な人々だともいえるのかもしれない。それともあの人たちこそ、ごく普通の大人であって、自分に正直すぎるくらいで、他の人たちが善良で潔癖な大人を上手に演じているのだろうか。大人たちはいつ仮面を脱いで、本性を発揮するのだろうか。考えても仕方がないことを考えながら私は家に戻った。母は外出していた。父が母と離婚して家を出てから、会社では母が「専務取締役」に昇進し、今まで以上に会社の経営に携わっていた。父が担っていた業界の夜の付き合いやらも、全部ではないが参加しているようだった。私は母が外出して不在の時は、母が家に帰ってくると、またあの日光のパーティの夜のように母が女豹に変身してしまうのではないかと怖れた。あの夜の「ぐぇぇ、ぐぇぇ」という母の「鳴き声」が私の耳に今でもこびりついていた。だが東京にいる間、母はいつも冷静沈着でおとなしく、それでいて自分の美しさをさりげなく主張するという芸当をしていた。酔って帰ってくることなどまったくなかった。煙草も吸わなかった。私は「女豹」が母の本性であり、いつもは仮面をかぶって「人間面」しているにすぎないと思うようになっていた。私はその仮面をいつか引っぺがしてやりたいと思っていた。そして、湖の対岸の砂浜での母の痴態を撮影した写真をばら撒いてやりたい、という衝動に駆られることがあった。だが、あの時のフィルムは父に預けてしまい、それっきりだった。私が父にあのフィルムを預けた時は、父に母の嬌態を知らせようと思っていたのだが、私はいつかあのフィルムを父から取り返して、母の嬌態を世間に、いや、まだ初心な高校の同級生だけにでも知らしめたいと思っていた。これはある意味で、大人になる教育ではないかとも思い始めていた。

十二

　母と私が乗った飛行機は、パリからローマに向かっているところだった。母と私は東京からの飛行機をパリで乗り換えて、夕刻ローマに到着する予定だった。やがて飛行機がイタリア上空にさしかかり、日の光が明るくなった。さすがにヨーロッパの南の国に来たのだという実感を持ち、嬉しくなった。私は初めての海外旅行で、飛行機に乗ったのも初めてだった。母は数年前に旅行で、ヨーロッパの都市を回ったそうだが、イタリアの都市は行く機会がなく、今回私をミラノまで連れて行くのを口実に、イタリア旅行を楽しむつもりだった。どうせイタリアに行くのだったら、ローマにも行きたいと言い始めて、出発前から大はしゃぎだった。飛行機の中でもガイドブックを見ながら、このお店に行きたい、あそこにも行きたいと言い続けていた。私は母のショッピングに付き合わされるのが、何とも憂鬱だったが、初めて訪れるイタリアは、私にとって文句なく刺激的なはずだった。私にはショッピングよりも、これから一か月続くイタリアでのヴァイオリンの講習と、寄宿舎での生活のほうが気がかりで、飛行機の中では落ち着かなかった。

「ほら、ローマに着くわよ。」

飛行機の通路側に座っていた母が、身を乗り出して窓際に座っている私に覆いかぶさるようにして窓のほうに迫ってきた。母のつけている香水の香りが私の鼻孔をくすぐった。母と私が乗った飛行機は、着陸態勢に入って、赤茶けた屋根の家々がはっきり見えるくらいに高度を下げてきた。母は本当に嬉しそうだった。イタリアへの出発前に聞いたが、母は「いつかはイタリアに行きたい」と、三年も前から私が四月から通ったイタリア語教室へ、週一回密かに通っていたそうだ。今ではイタリア語をかなり操るようになり、日光での彼との逢瀬でもうまく使いこなしていた。

「どうしてイタリアに行きたかったの？」

「理由なんかないわよ、憧れというものよ。」

母はあっさり答えた。イタリア紀行を書いた詩人のゲーテのようなものだろうか。人は大人になるにつれ、何かと理由を付けないと行動できない、あるいは行動した後に、後から理由を付けたがるものだが、「理由などない」と答える母は、まだ大人になりきっていない子供のようだった。母は実際、自由奔放で、私は母のそういうところが大好きだが、日光での母の行動は、奔放しすぎて正直いただけなかった。

飛行機は、レオナルド・ダ・ヴィンチと名付けられた大そうな空港に到着し、白タクのしつこい英語の誘いを母はイタリア語で振り切って、母と私は公認タクシーに乗り、ローマ市内へと向かった。私のヴァイオリン講習がミラノであるにもかかわらず、母はミラノには直接行かずにローマに滞在したかった。ローマでは母はショッピングを楽しみたかったことは事実だが、真相として映画「ローマの休日」の主人公オードリー・ヘップバーン演ずるアン王女になりたかったのだ。実際母は、オードリーに劣らず気品があり、優雅でもあり、今回ローマで王女役を演ずるにはもってこいだった。奔放な母は「ローマの休日」の中で　グレゴリー・ペックが演じていたハンサムなアメリカ人と、恋にでも落ちようと企んでいたのかもしれない。

翌日、母と私はホテルを朝早く出発し、「ローマの休日」でアン王女が訪れた足跡通りに、コロッセオ、スペイン広場、真実の口などに出向いた。ローマの街は歩いているだけで楽しく、母と私は夢中になっていた。歩き疲れて一休みした街角のカフェで、私は初めて濃いエスプレッソを飲み、その苦い味の洗礼を受けた。カップの横にさりげなく置かれた一粒のチョコレートを、口直しに食べた。通りに張り出たカフェの椅子から、街を歩く多くの人々を眺めたが、男も女もファッション雑誌からとび出てきたようにお洒落で、特に私と同じ位の年齢の若い女の子たちが、きびきびと歩いている姿がとても印象的だった。母と私は、またローマに来られますようにと願いを込めて、トレヴィの泉でコインを後ろ向きに投げた。コインを投げたからといって、本当にまたローマに来ることができるだろうかと、私はつまらない疑問を抱いていたが、母はとても嬉しそうな横顔をしていた。

十三

　母と私は、夕暮れ時のローマを歩いて、ホテルに向かっていた。母はふと立ち寄ったアクセサリーの店が大変気に入って、「少し選ぶのに時間がかかるから、先にホテルに帰っていてね」と私に言い、また店に入っていった。母の衝動買いは今に始まったことではないので諦めて、私はホテルに向かって歩き出した。ホテルまでの道のりにカフェがあったので私は一休みしようと思い、カフェの歩道に出ている席に座って、ローマで病みつきになったエスプレッソを注文した。ローマの街は会社帰りのラッシュアワーなのか、車も人も多くなり私は都会の喧騒の中にいた。私は自分が今東京をはるか離れて、ローマにいることが信じられず、ふわふわした状態だった。

　突然私は英語で誰かに話しかけられた。頭の禿げた背広を着た太った中年男が立っており、「今、アメリカからローマに着いたばかりで、この街がよくわからない。ちょっと話し相手になってくれないか。そのエスプレッソ代はわたしがもとう。」と英語で言った。

　私が驚いていると、そのアメリカ人とやらは私の隣にずうずうしく座り、自分もエスプレッソを注文した。すると急にまた一人の青年が私の傍らにやってきて、腰を折って私の耳元にイタリア語でささやいた。

「アメリカ人じゃないぞ、ついて行くな。」その青年はなんと日光の彼だった。私は驚いて、彼の顔を見たが、彼はすぐに街行く人々の中に消えてしまった。

そのアメリカ人と称する男は、エスプレッソを一気に飲み干し、「ここは落ち着かないので、ゆっくり話ができるところに行こう。」と言った。

なるほど、日光の彼が「ついて行くな」と言ったのはこれだったのか。私は嫌な予感がして「もう私は帰らなければならない。エスプレッソはあなたのおごりだよね。」と英語で言って立ち上がり、脱兎のごとくカフェから立ち去った。二度、三度振り返ったが、蛸入道のような自称アメリカ人は追ってこなかった。後で冷静になって考えてみると、この蛸野郎は「場所を変えよう」と言いながら、所謂ぼったくりのバーかカフェに私を連れて行って、高い酒をばんばん注文してその支払いを私に課して、私が「こんな法外な酒代は払えない」と言ったら、豹変して「有り金を全部置いて行け」ということになるに違いなかった。蛸野郎はローマの街角に一人でいる日本人の観光客を狙って英語で話しかけ、日本人が「英語で会話ができるぞ、良かった。イタリア語がわからなくて困っていたんだ。この人もこの街に着いたばかりで心細いんだろう。」というお人好しな心理に付け込んで、友達面して身ぐるみはがそうという魂胆なのだ。日光の彼が蛸野郎の正体を教えてくれて本当に助かった。だがなぜ日光の彼はここにいたのか。蛸野郎と話し始めた私が危ない、と察してすぐにアドヴァイスをくれたのは、私の後を尾いてきたとしか思えない。多分、母とこの辺で会うことになっていて、約束の時間まで暇をつぶしていたら、私が蛸野郎の餌食になりそうだったので、見るに見かねて助けてくれたのだろうか。あれこれ考えながら私はホテルに帰った。母はまだ戻っていなかった。

十四

　母は夜十一時頃ホテルに帰ってきた。少し酔っていた。日光の彼に会っていたのに違いない。彼に助けてもらったことを言おうと思ったが、母はすぐにシャワーを浴びに行ってしまったのでタイミングを逸した。しかし、どうしても彼のことを聞きたくなってバスルームから出てきた母に、私は推測を交えながら質問した。

「昨年の夏、日光で外国人に会ったけど彼はイタリア人でしょう？　彼は今イタリアにいるの？　あの人お母さんの恋人？」

　母は少し驚いたが、いつもの冷静な口調で話し始めた。

「何、急に日光の時の話なんてしだして。そうよ、彼はイタリア人なの。お母さんが三年前にイタリア語を習いに行っていた時に、教室で知り合ったお友達の友達よ。」

　ローマの街はまだ眠りに落ちておらず、ホテルの窓の外からは車のクラクションやら、人の話し声なども聞こえていて、うるさいくらいだった。

「彼も知り合った頃は十八歳の子供だったけど、今は二十一歳くらいになって髭なんかはやしちゃって、少し大人ぶってきたわ。」母は悪びれずにどんどん話し始めた。

「イタリアの男ってね、マザコンが多いのよ。二言目にはマンマ、マンマって言ってるのよ。年上の女の人にすぐ甘えたりしてくるの。」

彼を子供から大人にしたのは母に違いなかったが、そんなことはどうでもよかった。

「彼、今夏休みで里帰りしているの。ミラノの近くが実家だから、あさって逢うのよ。」いよいよ核心に迫ってきた。なるほど、私をミラノの音楽院まで送ってゆくというのは、単なる口実で、本当は彼とイタリアでヴァカンスを楽しみたかったわけか。あっさりと言ってのける母に少し呆れて、私は早々にベッドに潜り込んだ。ローマでは良い夢は見られそうもなかった。

十五

翌朝、母と私は十時頃ホテルを出て、テルミニ駅に向かった。ローマからミラノまで列車で移動することにした。母は昨夜酔って帰ってきたせいか、まだ疲れていたようで車中では、くぅくぅ、と寝ていた。列車は途中フィレンツェやボローニャなどの駅に停まり、四時前にミラノ中央駅に滑り込んだ。ミラノ中央駅は見上げるほどの高い天井があり、駅というより巨大な宇宙船の中に入り込んだような錯覚を覚えた。鉄骨でできたアーチは柔らかな曲線を描き、天井のガラスが夕日の残光で綺麗に反射して、列車が着いたホームを照らしていた。駅から母と私はタクシーに乗り、音楽院の近くの契約した下宿にたどり着いた。夏休みの期間に音楽院の学生は、各地に帰省してしまうので、夏期講習の間は彼らの下宿が使えるのだった。下宿のおばさんに案内された部屋は建物の二階で、ベッドとタンスしかない質素な部屋だった。母は下宿のおばさんと簡単に挨拶して、下宿費を前払いで現金で支払い、すぐにタクシーに乗って、さっさと予約した自分のホテルに行ってしまった。一人部屋に残された私はベッドにごろん、と横になり、一か月もこの殺風景な部屋で暮らすのか、と少々憂鬱になった。十分くらいした後、気分を取り直して部屋の外の同じフロアにある共同シャワーを浴びにいった。

翌朝、母が私を迎えに来て、一緒に音楽院まで歩いて行った。音楽院に着くと母は受付で事務所の場所を聞いた。母と私は建物をくりぬいたアーチをくぐり抜けて、いったん四角い中庭のようなところに入った。中庭ではトランペットとトロンボーンのパート練習をしていて、いかにも音楽院らしい光景だった。さらに進んで奥の事務室へ向かい、事務室で事務手続きを済ませ、一人の女性事務員が教室を案内してくれた。廊下に個室がずらっと並んでいて、ピアノや声楽、ヴァイオリンの練習をしている学生たちが、ドアののぞき窓から見えた。講習は翌週の月曜日から始まるので、明日金曜日と週末の土曜日、日曜日に私は特にすることがなかった。私はどうしても彼のことをまた聞きたくなって、母に聞いてみた。

「イタリア人の彼とは今日逢うんでしょう？　いつ、どこで逢うの？」

私の唐突な質問に母は少し驚いて、きっと私を一瞬睨んだが、平静を装って答えた。

「ええ、逢うわよ。彼が私のホテルに迎えに来ることになっているの。そしてこの週末は、ミラノから車で二時間くらい行ったガルダ湖で過ごすことにしているの。あなたも明日の朝、早く起きてガルダ湖にいらっしゃいよ。電車でミラノからブレシアという街まで乗って、それからバスに乗れば、だいたい二時間くらいで来られるわよ。

ランチを食べにきたら良いわ。どうせ明日はなにも予定がないんでしょう。」

私は母の周到な準備に、はっきり言って唖然とした。母のこのイタリア旅行は私をミラノに送り届けるのが目的ではなく、完全に彼との逢瀬だった。彼もなんとずうずうしい奴だと思ったが、ローマであの蛸野郎から助けてくれたので、そうそう悪人呼ばわりすることもできなかった。それにしても私はいい気分ではなかった。

「ああ、明日はそうするよ。ガルダ湖のどこに行ったらよいのか、メモに書いて。」

母はいつもの白いハンドバッグから手帳を取り出し、鉛筆でガルダ湖畔の滞在先の住所と電話番号を写して私に渡した。母は彼とイタリアの湖で逢うのか。私は今更ながらその綿密な計画に驚いたが、母はすぐにタクシーに乗って、ミラノの街中に消えていった。

十六

私は翌朝七時頃ホテルを出て一人で地下鉄に乗り、ミラノ中央駅に向かった。駅からヴェネツィア方面に行く急行に乗り、北イタリアの広大な草原を見ながら一時間くらいでブレシアの駅に降り立った。ブレシアから今度は母のメモに従い、バスに乗って湖を右手に見ながら、四十分くらいで小さな町にやってきた。本当に小さな町で、村と呼ぶほうが正しかった。教会の聖堂や中世の城壁などの大きな建物はなく、路地に入るととても静かで、ローマやミラノの喧騒とはほど遠かった。私が入っていった路地は、人がすれ違えるくらいの幅しかなかった。この時も私は「ああ、イタリアに来たんだな」という思いがして幸せな気分になった。イタリアの通りには、日本のように電柱が林立しておらず、街灯は路地の対面の建物から伸びているワイヤーで、路地の真上に吊られていた。イタリアでは町の通り、路地にはすべて名前がついており、その通りに沿った建物には端から順に番号が付いているので、目的地がその通りの何番という番号がわかっていれば、簡単にゆき着くことができた。住所が町や区画で表示される日本とは違って、非常にわかりやすいシステムだ。私は家の番号を確かめながら通りをゆっくり歩き、「アルベルゴ（イタリア語でホテル）」という表示が五十メートルくらい先にあるのを見つけた。母が泊っているホテルで、路地に面した三階建ての小さな建物だった。入り口の大きな木のドアは閉まっていて、私はドアを開けようとしたが鍵がかかっているようで開かなかった。ドアの隣にインターホンがあったのでボタンを押したところ、女性の声で部屋の番号を聞かれた。母の泊まっている部屋の番号までは私は知らなかったので、「母親に会いに来た」と告げたところ、今度は名前を名乗るように言われた。私が名前を名のると、しばらくしてじぃぃ、かちゃ、という音がして、ドアの施錠が自動で解かれたようだった。私はドアをゆっくり押して、ホテルの中に入った。中は暗く、目が暗さに慣れてくると、私の前には二階に続く急な階段があった。

十七

階段を上りきると、小さな踊り場になっていて、右側がホテルの入り口、左側は土産物屋のような店があった。私は右側のガラス戸を押して中に入った。入るとすぐに応接間にあるようなソファと、アールデコ調の椅子、低いテーブルのセットがあり、奥にフロントがあった。そこには中年の女性がいて、おそらく彼女が通りに面したホテルの入り口のドアを遠隔操作して、開けてくれたのに違いなかった。女性は老眼鏡を鼻孔のほうにずらして、上目使いに私を見た後、黙って白い紙のメッセージを渡した。それには母の字で「湖にいます」という簡単なメモが書かれていた。私はフロントの女性に礼を言い、階段を下りて外に出た。さっきバスを降りた時に湖面がちらっと見えたので、私は狭い路地をバス停のほうに戻り、緩やかな坂を下りて湖の畔に出た。

避暑に来ているドイツ人たちのドイツ語の会話の中をすり抜けて、私は湖畔の砂浜に出た。突然、私の名が耳に刺さった。母の声だった。二十メートルくらい先の湖畔のカフェのテラスに、母は座ってこちらに向かって手を振っていた。黒いサングラスに黒いワンピースの水着姿だった。黒い水着はイタリアの明るい太陽の下、艶めかしく冒涜的であるとさえ感じた。隣には彼がやはり水着姿でいた。

私はカフェのテラス席に座って、カフェ・フレッド（アイス・エスプレッソ）を注文した。イタリアには日本のアイスコーヒーのようなものはなく、冷たい飲み物が飲みたい時は、氷を詰めたグラスにエスプレッソを注いだものを注文するのが一般的だった。

「結構、早く着いたわね。これからボートに乗りましょうよ。」

「ボート？　ここで乗れるの？」

イタリア人の彼は、私の声でようやく私の存在につき、「チャオ」と言った。

「さぁ、行きましょう。」と母は言った。

母はさっと立ち上がり、彼も続いて立ち上がって母の後を追った。なるほど、母と彼はもう話がついていて、「私が来たら、ボートに乗る」ということにしていたのに違いない。私は気乗りしなかったが、ここで他にすることもないので、渋々母と彼の後に付いて、ボート乗り場に行った。

ボートは例によって彼が漕いだ。彼は上半身裸で大胸筋がたくましく、男らしさを感じた。日光ではボートは対岸を目指して進んでいたが、ガルダ湖は広い湖で、対岸までは行き着けなかった。ボートは当てもなくすごいスピードで湖面を疾走した。母は楽しそうだった。私は黙っていた。ボートは湖岸に並ぶホテルやカフェがかなり小さく見えるところまで進んで、静かに止まった。彼はどぼん、と湖の中に入ってボートを背に泳ぎ始めた。そしてボートから十メートルくらいの所で振り向いて、上半身を湖面から出して母を手招きした。母はボートの縁に腰かけ、足を交互にばちゃ、ばちゃ、と湖面にたたきつけ「いやいや」とでも言うように首を左右に振る仕草をしていた。母のショートボブが振り子のように揺れていた。それはあまりにも嘘くさい演技で、私は「いい加減にしてくれ」と思った。するとその誘いにのせられて、彼はボートの近くまで泳いで戻ってきて、手を広げて、「ここにおいで」というような仕草をした。母は自分の芝居が奏功したと、にんまり笑い、彼の腕の中にぼちゃん、とした音をたてて入っていった。そして例によって、きゃぁきゃぁ、と嬌声をあげ、彼と水の中で戯れていた。母が彼と一緒にいて楽しそうな表情をすればするほど、私の気は滅入っていった。私は水着を着ていなかったので、湖には入らずボートの上で座っていた。だが、頭の中で「母と彼をなんとか引き離せないものだろうか」と思案を巡らしていた。

十八

「ボート遊び」を終えて湖畔に戻ると、私はもうこの二人に付き合っていられないと思った。彼は「サングラスをボートの中に忘れた。」と言って、ボート乗り場に走って戻っていった。私は彼がいない間に意をけっして、母に尋ねてみた。

「彼には婚約者がいることを知っている？」

「もちろん、知っているわよ。なんで彼が婚約していることを知っているの？」と逆に母に問い詰められてしまった。私は間が悪くなって黙ってしまった。

「いずれにしても彼が婚約していようが、していまいが、私には関係ないわ。」

私は何か絶望的な気分になった。もう母と彼のことを心配しても無駄だということがわかったが、私はまだ割り切れない思いがあった。考えても仕方がないことだった。

彼が母と私がいる砂浜に足早にやってきた。私は衝動的に彼が母に近づかないように、体当たりを食わせた。彼は一瞬よろめいたが、すぐに体勢を整えて、臨戦態勢をとった。私はもう一度ラグビーのタックルのように、彼の腰のあたりを目指して突進していった。彼に当たる寸前に、私は彼から相撲の叩き込みのような手を食らい、砂浜に倒れ込んだ。惨めだった。母は若者二人が、相撲でもして遊んでいると勘違いし、大はしゃぎだった。私はのろのろと立ち上がり、一目散に走り始めた。その場からとにかく早く消えてしまいたかった。さっき下りてきた坂を猛スピードで上り、バス停にブレシア行きのバスが停車しているのを見て飛び乗った。もう何も考えたくなかった。バスは私を乗せると、軽快なエンジン音をたてて湖の畔を後にした。

ブレシアの駅にバスが着いて、私はこの駅からミラノに帰るのではなく、反対方向のヴェネツィア方面の電車に乗って、ヴェローナに向かうことにした。ちょっと一人で冒険をしてみたかったのだ。三十分くらい電車に乗って、ヴェローナに着いた私は、さっそく今日泊まるホテルを探すことにした。ヴェローナは中世の趣きが残る街で、毎年夏には市内の野外円形劇場で、ほぼ毎晩オペラが上演されるのだった。私はイタリアに来る前に、イタリア語を習いに行っていた語学教室のあの担当の女性講師からこの情報を得ていた。彼女はヴェローナの野外オペラを「ベリッシマ！（イタリア語で大変綺麗）」と言っており「どう綺麗なんですか。」私が尋ねると、「行けばわかるわ。」という答えが返ってきた。そこで、どうしてもヴェローナに行きたくなったのだった。

私は、駅前にホテルを見つけて、飛び込みで入って、部屋があるか聞いてみた。フロントにいた禿頭の中年男は、

「あいにくオペラシーズンで、普通の部屋は満杯で、天井裏の部屋なら空いていていているけど良いかね。」と愛想笑いをしながら言った。贅沢を言っていられないので、今夜はそこに泊まることにした。案内された部屋に入ると、部屋の屋根の傾斜がそのまま建物の傾斜になっていて、天窓から夕焼けが眩しいくらいに部屋を照らしていた。結構、快適だと思った。

天井裏の部屋で少し落ち着くと、母が心配するとまずいと思い、ガルダ湖畔の母が泊っているホテルに電話することにした。一階に降りて行ってフロントの前の電話を利用したが、母は生憎不在で、私はヴェローナのホテルに泊まっている旨を母に伝えてくれと、ホテルの名前と電話番号をフロント係に伝えた。部屋に戻り、私はベッドにごろん、と仰向けになった。天井に大きなしみがあることを発見し、「雨漏りするんだ」と少し心配になった。

目をつむると、黒いサングラスに黒いワンピースの水着の母が現れた。黒い水着から出ている二本の白い足は艶めかしく、やけに眩しかった。母と彼は並んで砂浜に座っていてやがて接吻を始めた。彼の接吻の圧力に負けて、母は砂浜に仰向けに倒れ込んだ。そして彼が母の上に覆いかぶさり、さらに母の唇を求めてきた。

突然、ドアをノックする音がして、この汚らわしい妄想を断ち切ることができた。ドアを開けると禿頭が立っていた。汚らわしい妄想から救ってくれたのは嬉しかったが、彼の見事に禿げ上がった頭を見ると、あまりにも生々しい現実に一瞬たじろいでしまった。「ママから電話だよ。」と言う彼の声で、私はやっと我に返った。私はゆっくり階段を下りて一階の電話に出向いた。

「あなた、どうしちゃったの。走ってどこかに行ったから探したわよ。ヴェローナにいるのね。安心したわ。」母が電話の向こうで一方的に話し始めた。

「今日はここに泊まって、明日はオペラでも観るよ。」

「オペラ？　ヴェローナでオペラ？　あの有名な野外劇場ね。私も観に行こうかしら。」

「別に来なくていいよ。彼と遊んでいたら？」私はふてくされて言った。我ながらいやみな発言だと思いつつ、明日母に会うなんてとうていできない話だった。

「彼は明日いないわよ。忙しいんだって。いずれにしても、ヴェローナに行くわよ。オペラを観て一緒に食事でもしましょ。ヴェローナのホテルを電話で予約しておくわ。」と母は早口で言って、電話を切った。

十九

翌日、私は午後早い時間に母を駅で待っていた。母はブレシアから列車に乗ってやってきた。

「さぁ、ヴェローナの街を歩きましょ。」

「どこに行くの?」私はぶっきらぼうに尋ねた。今日は一日母のお付き合いかと思ったが、イタリア人の彼がいないだけまだまし、と思った。

「まぁ、そっけないわね。ヴェローナで行くところは決まっているわよ。」

母は颯爽と駅を出た。今日の母のいでたちは、白い開襟シャツに黒いスパッツを合わせていた。耳にはいつもの橙色のイヤリングが光っていて、例によって母のショートボブで見え隠れしていた。母と私は市内を走るバスに乗って、今夜泊まるホテルまで行った。そしてチェックインしてから、ホテルからは歩いて今夜オペラが行われる野外劇場に向かった。母はイタリアに来た当初は、ミラノのスカラ座でオペラを見る魂胆だったが、七月にはスカラ座ではオペラやバレエなどの演目はほとんど上演されないことがわかって、落胆していた。だが、スカラ座の代わりに、ミラノから一時間半ばかり列車に乗って着くここヴェローナという小さな街で、夏の間オペラが野外の円形劇場で上演されるのを知って、気を取り直していた。ヴェローナでのオペラ公演は、七月から九月までのいわば夏の特別上演で、日本人観光客には馴染みがなかったが、欧州各地からこの地に野外オペラをお目当てに、たくさんの人々がやってくるのだった。野外でオペラが鑑賞できるなんて、どういうことだろう。私は興味津々だった。

母と私がホテルから十分くらい歩いていると、壮大な石造りの中世の遺跡のような建物が現われた。それはちょうど野球のスタジアムのように円形で、ローマで見たコロッセオの小型版といった感じだった。コロッセオのようにローマ時代から存在する建物なのだろう、見上げていると一瞬タイムマシンに乗って、ローマ時代に来たような錯覚を覚えた。唯一夜のオペラの舞台を照らす照明設備が、文明の機器だった。ヴェローナに来るまで私は憂鬱だったが、この冴えない気分は、古代の円形劇場を見たとたんにすっ飛んだ。早くこの中に入って、野外オペラを観たいと思った。母もおそらく同じ思いで、持ってきたカメラを円形劇場に向けて、盛んにシャッターをきっていた。「すごいのねぇ。」まるで子供のようにはしゃいでいた。

母と私はオペラの当日入場券売り場に行き、今日の演目のビゼーのカルメンのチケットを買った。当日だとアレーナ席は取れず、だいぶ後ろのほうの席になると言われたが、そんなことはどうでも良かった。夜の九時から始まり、終わるのは午前零時すぎと聞いて「日付が変わって明日になってしまう。」と驚いた。日本だと公演は六時くらいに始まり、せいぜい十時までに終わるという時間割を立てるだろうが、イタリアでは夜中になっても平気でオペラを楽しむ。もともとオペラは、大人の社交場のようなものだから、大人の時間で良いのだ。何か言い知れぬ文化に対する寛容さと、大人の立ち位置が感じられた。

二十

オペラの開演が夜九時なので、母と私はそれまで時間をつぶさなければならなかった。円形劇場の広場の一部からショッピングストリートが伸びており、面白そうなのでぶらぶらと歩くことにした。通りは買い物客で混み合っていて、いろいろな言葉が飛び交っていた。あまり有名ではないブランドのアパレル店が並んでいたが、服のデザインは良く、母はウィンドウショッピングが楽しそうで、「やっぱりイタリアの服はいいわねぇ」と言いながら嬉しそうに通りを歩いていった。

しばらく行くと、ある家の門の前に人だかりができていた。ジュリエットの家だった。シェークスピアの戯曲「ロミオとジュリエット」のモデルになった家とのことで、あのロミオとジュリエットがお互いの名を呼びあう有名な場面のバルコニーもあった。中庭には人間の大きさの黒いジュリエット像があり、その右胸に触ると、恋愛が成就するという言い伝えがあった。ジュリエット像の前には、右胸に触ってそのご利益にあずかりたいと願う人々で長蛇の列だった。母は「私もジュリエット像の右胸に触りたい。」と言って、その列の最後尾に並んだ。「今更、何を考えているのか」と私は思ったが、そういう母の子供っぽいところも好きだった。黒いジュリエット像の右胸は、多くの人たちが触っているので黒い塗料がとれてしまい、下地の金属がむき出しになってきらきらと輝いていた。ようやく母が右胸に触る番になり、母は笑顔で私のカメラのフレームに収まった。

母と私は簡単な夕食を食べた後、円形劇場に戻ってきた。八時前だったが私たちの席は後方の自由席だったので、早めに行って良い席を取ろうと試みた。すでに入場ゲートにはたくさんの人が並んでいたが、さほど待たずに入場することができた。円形劇場の中はちょうど野球場のようで、グラウンドの内野部分に舞台があり、外野部分がアレーナ席、そして言わば外野席スタンドのところが自由席だった。自由席はベンチではなく石段になっていて、石の上に直接腰をおろしてオペラを鑑賞する形だった。私は石段を見たとたん、「この石の上に四時間も座ったら、お尻が痛くなるだろう」と怖れたが、スタンドの周りにビニールでできた座布団のようなクッションを、大きな声を挙げて宣伝している人たちがいて、この簡易座布団に座ればよいのかと私は合点し、料金を払って二枚借りることにした。

私は粗末なビニール座布団の上に座って、これから始まるオペラに期待し、久しぶりにわくわくした。見渡すと本当に野球の試合の前のように、石段のスタンドの自由席は人でどんどん埋まってきていて、アレーナ席では恭しい案内係が、着飾った人々を席に案内していた。　舞台は遠かったが、日光で使っていた双眼鏡と例の一眼レフカメラも望遠レンズ付きで持ってきていたので、私の強い味方になってくれそうだった。

だが、やはり舞台からは距離があるので、歌手の声やオーケストラの音がきちんと聞こえるだろうかという心配があった。が、これは杞憂に終わった。オーケストラ・ピットですでにスタンバイしていた演奏者がいて、自分のパートを小さな音を出して練習していたのだが、一人のフルート奏者が奏でるカルメンの有名な旋律の一部が、音は小さいながら私には、はっきり聞こえたのだった。私は実に幸せな気分だった。

北イタリアの乾いた風の中で、母と一緒に野外オペラを鑑賞できるなんて、そうそう経験できることではなかった。母も同様に幸せそうな表情をしていた。私は母の横顔が好きだが、今夜はとりわけ輝いていた。

二十一

九時近くになってやっとヴェローナの街に夜の帳が下りてきた。満月が夜空にくっきり現れ、円形劇場を幽玄に照らした。開演時間が九時であることがようやく理解できた。イタリアはヨーロッパの南にあるので、我々もつい「南の国」と称してしまうが、実際にはかなり緯度の高いところに位置しているため、七月でも夕闇が迫ってくる時間が、日本に比べてかなり遅く八時半過ぎなのだ。したがって野外オペラは人工の照明の下で演じるので、完全に暗くなりきってから、つまり九時に開演ということになる。ヴェローナではこの野外オペラは九月まで上演されるが、九月になれば、秋分の日が近くなってきて暗くなるのが早まるので、それに応じて八時半開演というように、開演時間が早くなる。私はこのことに気づいて一人満足に浸っていた。

照明に灯がともりカルメンが始まった。お馴染みの曲が次々と演奏され、私は声に出して一緒に歌いたかった。この石でできている古い円形劇場の音響効果は、予想外に素晴らしく、オペラ歌手の声はこの桟敷席にまではっきりと聞こえた。そして何よりもオーケストラのヴァイオリンが、広い円形劇場の中ですばらしく聞こえることに私は驚嘆した。

きっとこのオーケストラでは良いヴァイオリンが使われているに違いないと思った。ヴァイオリンの演奏は、もちろん演奏者のテクニックによって素晴らしいか否かが決まるが、使っているヴァイオリン自体にも左右される。ここ北イタリアにはクレモナという小さな町があって、ヴァイオリンの工房がたくさんあり、クラシック音楽界に名器として燦然と輝くストラディヴァリウスも十七世紀にここで作られていた。それは世界にたった六百挺しか現存していない貴重な楽器で、しかも値段が何千万円もするので、普通では買えなかった。

素晴らしいヴァイオリンの音を聞いて、私はイタリアに来た本来の目的が、ヴァイオリンの講習であることを思い出した。あさってから音楽院で個人レッスンが始まる。レッスンのための課題曲はすでに与えられていたが、すっかり等閑になっていて、私は少しばかり憂鬱になった。だが、オペラの舞台は、そんな私の心配をどこかにすっ飛ばした。母と私は、カルメンの舞台と音楽に酔いしれた。イタリア語教室の先生が、ヴェローナの野外オペラを「ベリッシマ！（イタリア語で大変綺麗）」と表現したわけがようやくわかった。こんな感動は人生で二度と訪れないと思った。母も感激していて涙を流さんばかりだった。私のこの幸福感は、母と一緒にイタリアで同じ時を過ごせたからだ、と自分自身に言い聞かせた。私一人でオペラを観ていたら、到底味わえない気分だった。私はこのまま母を独り占めしたかった。

二十二

オペラが終わって、母と私は円形劇場の外に出た。もうすでに午前一時頃だったが、カルメンの興奮で全然眠くなかった。円形劇場の周りは、レストランやバーがまだ営業していて、まばゆい光を放っていた。オペラを観た多くの人が、レストランの外のテラスに座って、夏の夜風に吹かれながら楽しそうに食事をしていた。日本では絶対に見られない光景だった。しかもこの光景が毎晩オペラの後に、ここヴェローナで繰り返されているなんて信じられなかった。人生の楽しみ方が日本人とイタリア人では、根本的に違うのではないかと思った。

母と私はカフェに入り、母は赤ワインを、私はエスプレッソを注文して飲んだ。カフェの中は、鏡を上手く壁面に取り入れたデザインで、自分の姿が何通りも鏡に映る面白い内装だった。母と私はお互い黙っていた。オペラの余韻を楽しんでいるとも言えたが、日本語で会話することはこの場ではふさわしくなかった。あくまでイタリアの世界には浸っていることがもっとも大切で、この時間が長く続けばよいと私は思っていた。母はいつものようにあくまで優雅で、周りのイタリア人の男性の視線を一身に浴びていた。

母と私は明るいカフェを出て、暗い夜道を月明かりの下、ゆっくりホテルへの帰路についた。円形劇場を半周すると、次回の舞台の背景の大道具であろうか、オペラのアイーダに出てくるエジプトのピラミッドやスフィンクスの張り子のようなものが、無造作に転がっていて少し滑稽だった。私はカルメンで演奏されていた、今まで聞いたこともないような素晴らしいヴァイオリンの音色が忘れられなかった。

「そろそろ、新しいヴァイオリンが欲しいな。」私は歩きながらぼそっとつぶやいた。

「そうね、秋のコンクールで全国一位になったら、ストラディヴァリウスでも買ってあげようか。」私は、母の言葉を聞いて歩みを止めた。

「馬鹿ね、何千万円もするストラディヴァリウスなんて、買えるわけがないじゃない。」

私の期待は、あえなく母に一蹴されてしまったが、いつかはストラディヴァリウスを弾きたいと思っていた。

「そうだよな、買えるわけがないよな。」母の冗談を本気にして喜んだ自分が愚かだったことに気づいて、ホテルへの道がやけに遠く感じた。

二十三

母は翌日、ミラノを経由して東京に帰っていった。私は月曜日から音楽院でのヴァイオリンのレッスンが始まった。レッスンの課題曲はそれほど難しくはないが、結局練習するかしないかは生徒の自主性に任されているため、練習してこない者にはつらいレッスンとなった。私はイタリアに来てから、ローマで観光したり、ガルダ湖でボートに乗ったり、ヴェローナでオペラを観たりで、ろくに練習をしていなかったので、当初は苦労したが、三日めくらいから徐々に調子が上がってきた。私の他に日本人は、大学生くらいの女性がいたが、私も彼女も「演奏テクニックは良いのだが、感情がまるで入っていない。」とよく教官から叱られた。他のヨーロッパから来ている学生たちの演奏は、逆にテクニックは今ひとつだが感情表現は抜群だった。日本の音楽教育が楽譜通りに間違いなく機械のように弾くことを求めているからだろうか。それとも日本では感情を押し殺すことが、一種の美徳とされているからか。いずれにしても、私は自分の演奏に感情を移入できるように練習した。そして秋の全国ヴァイオリンコンクールへの自信を深め、ますますストラディヴァリウスが欲しくなった。プロの演奏家も簡単にはストラディヴァリウスを買えないので、スポンサーを見つけて買ってもらい、そこから貸与されてコンサートなどで使用している話を聞いた。私もスポンサーを見つければよいのだが、無名の高校生には到底無理な話だった。だが、私は「秋のコンクールに優勝すれば、誰かが私のスポンサーになってくれるかもしれない。」とあてのない淡い期待を持っていた。

二十四

秋のヴァイオリンコンクールの出来は、惨憺たるものだった。私は上位入賞もできなかった。母は意外にあっさりしていて、「まぁ、仕方がないわね。」と言っただけで、かえって不気味だった。このコンクールの不出来は私の人生を変えた。私はそれまで音楽大学を目指していたが、もうまったくヴァイオリンの演奏に自信がなくなった。すでに高校三年生の秋になっていたが、私は進路変更して、普通の大学の文学部を目指した。好きな漱石か三島の研究をしたかったのである。母は「文学部でもなんでも、受かった大学の学費は出してあげるから家を継いでほしい」という条件を私に突きつけていた。当時、祖父も亡くなり、父も家を出て行ったので、母は一人で家の商売を切り盛りしていたが、母にも限界があったようで、商売は前ほど繁盛しておらず、資金繰りが苦しくなっていた。日光の別荘も手放したと聞いた。母は私を家の後継者にして、何とか立て直しを託したかったようだ。

私は半年間受験勉強に勤しみ、翌春、私立大学の文学部に無事合格した。だが、漱石や三島をいくら勉強したところで、学費は母に出してもらうので、卒業後はまったく文学に関係ない商売人にならなければならなかった。もう割り切るしかなかった。ヴァイオリンもすっぱり諦めていたので、私は「人生は思い通りにゆかない」と悟って生きてゆくしかなかった。

三月も終わりのうららかな春の日だった。家の庭の木蓮の花は散ってしまい、桜の花にはまだ早く、庭には花がなくて殺風景だった。私はその日、四月からの大学生活のための書類を書いていて家にいた。私は私立大学に合格したため、大学入学のために入学金、一年分の授業料、寄付が一口いくらで何口以上必要など、金のかかる話ばかりだった。母に「この金額を出してくれ。」と言うのは気が引けていた。母は朝から仕事に出ていて、私は大学事務局への支払い期限迫っていたので、母が帰宅してからこの話をしようと思っていた。

午後に、私宛に簡易書留が届いたので、私は自ら大きな白い封筒を配達人から受け取った。封筒の裏には見知らぬ弁護士の名前が書いてあった。すぐにペーパーナイフで封筒を開けたところ、封筒から、はらり、と写真が一枚床の上に落ちた。あわてて拾い上げたが、私はその写真を見て凍りついた。写真には葬式の祭壇が映っており、中央にある遺影は父だった。写真の右下にある日付の印字は、約一か月前を示していた。私はわけがわからぬままに、同封の弁護士の手紙を食い入るように読み始めた。父は一か月前に病気で亡くなって、弁護士が死後の一切の手続きを任されていること、父の財産の相続人が私と妹の二人であること、そして相続の分割手続きのために、一週間後に弁護士事務所まで来てほしい旨が書かれてあった。あまりの突然のことで、私はこの現実を頭の中でうまく処理できず、「いったいどうなっているんだ」と叫びたかった。母は父の死を知っているのだろうか。知っていたら私にすぐ伝えるだろうから知らないはずだ。そうすると、この事実を私から母に伝えるべきなのか。とりあえず私は手紙に書いてあった弁護士に電話して、いろいろ聞いてみることにした。

弁護士は、電話にすぐに出て、「お母様はこの事実をご存じないです。また、お父様からの遺言で、お母様にはお父様の亡くなったことを知らせなくてよいのです。」と事務的に話した。ますます混乱した私は、「一週間後に事務所に参ります。」と言って電話を切った。一週間後ではなくすぐにでもその弁護士事務所に行って、真相を知りたかった。

少し冷静になって、二階の自分の部屋に戻って、ベッドで仰向けになって天井を見つめた。父が亡くなったというのに、私には悲しみが襲ってこなかった。そして、人間には何か大事件が自分の身に降りかかると、意識下と意識上で行動するということがわかった。つまり、意識下では「父が亡くなって悲しい」という自分がいて、意識上では「家を出て行った父が死んで、何が自分に関係あるのか」という自分もいるのだった。多分、大人になるということは、意識上の振る舞いがだんだん自然に増えてきて、子供はいつまでも意識下の感情を無垢に出し続けているということだろう。ベッドの上でそんなことを考えて、私は目をつむった。すると、黒いサングラスをかけて、黒いワンピースの水着の母が出てきた。こんな時に、黒い水着姿の母を思い浮かべるなんて、なんて不埒な息子なのかと思い情けなくなってしまった。母は二本の手をしなやかに私のほうに伸ばしてきて、私の両頬に手をかけ、しばらく私をじっと見つめた後、接吻してきた。私は拒まなかった。母の唇が私の視界から消えて、ぬめっ、とした生ぬるいものが私の唇に触れたような気がした。

二十五

私は弁護士事務所に、約束の時間より三十分も早く着いてしまった。受付の女性に名を名乗って、五人くらい入れる小さな会議室に通された。会議室には本棚があり、相続関係の本がいくつも並んでいた。しばらくして白髪の男性が、中学生くらいの女の子を伴って部屋に入ってきた。私は二人を見て「あっ」と声をあげた。どちらも見覚えがあったからだ。男性のほうは二年前に日光の別荘の前で、足がもつれて転びそうなところを、私が助けた老人だった。この弁護士は当時、父と母の離婚の法的手続きをしていたはずだが、今度は父が亡くなったので、相続を取り扱うことになったと推測した。多分、父が生前に死後のことをこの知り合いの弁護士に託したのだろう。女の子のほうは、昨年秋の全日本ヴァイオリンコンクールの中学生の部で優勝した子だった。抜群の演奏テクニックと比類なき感情表現で、他を圧倒して優勝したが、彼女が弾いた自由曲が、カルメン幻想曲だったので私はヴェローナの夜を思い出し、私の記憶にはっきり彼女がとどまっていたのだ。しかも彼女の名前が、世間的には珍しい父の旧姓と同じだったので、余計私にはインパクトがあった。なんと彼女は私の妹だったのか。私は今日この弁護士事務所に来るまで「妹に会ったらどう接すればよいのか」と盛んに気を揉んでいたが、実際に妹に会ってみると、私は単純に嬉しかった。だが、コンクールの全国優勝という私が果たしえなかった目標をクリアし、ヴァイオリンに人生をかける決心をおそらくしている彼女に、嫉妬のような感情もふつふつと湧いてきた。なんと自分は了見が狭いのかと思ったが、前途洋々とした妹を見ていると、この感情は抑えきれなかった。

弁護士は、父と血がつながっている私と妹だけが法定相続人であり、土地や不動産はなかったので、父が所有していた現金を二分して、相続となることを説明した。そして「相続金額は各々これになります。」と私に一枚、妹に一枚と取り分が書かれた紙を手渡した。私は渡された紙に書かれた相続金額を見て驚愕した。すぐには数えきれないほどの桁の数字が並んでいたのだ。あのストラディヴァリウスを買っても、まだおつりがくる金額だった。だが、父は着の身着のままで母の家を出て行ったはずだ。とてもこれだけの金額を持っていたとは思えなかった。私は恐る恐る弁護士に聞いてみた。

「大変な金額ですが、父がこれだけの現金を所有していたのですか。」

「はい、ほとんどすべてがお母さまとの離婚の慰謝料です。」弁護士は事務的に答え、私が怪訝な表情をしていたので、さらに続けた。

「普通、夫婦が離婚する時は、これだけの金額を片方が請求することはあまりなく、仮に請求しても拒否されればそれまでなのです。お父様も慰謝料など請求せず、離婚するおつもりだったのですが、離婚の最終調整に入って、お父様と打ち合わせしている時に、お父様が『妻の不貞を証明する証拠がある、これで慰謝料がとれるのでは。』とおっしゃったのです。そして一枚の写真を私に見せました。望遠レンズで撮影したと思われるその写真には、確かにお母さまが砂浜で他の男性とキスをしているところが写っていました。ですが、キスをした程度では不貞行為とまでは言えませんので、私は『慰謝料の請求は無理です。』と申し上げました。それに、そもそも十五年前にお父様はお母様との貞操義務を破って不貞行為をはたらいて、こちらのお嬢さんをもうけたのですから、逆に慰謝料を請求されかねないと申し上げました。」

二十六

妹と私は、固唾をのんで弁護士の言うことを聞いていた。私は二年前の夏に日光の別荘で、父の帰り際に託したフィルムが現像されていて、このように利用されていたとは思いもよらなかった。妹は黙って話を聞いていた。弁護士は話を続けた。

「しかし、お父様はお母様との離婚の話し合いの時に、不貞行為とは言わず、お母様が不誠実な行動をしていた、その証拠もあるとおっしゃって、慰謝料を請求したのです。

私は驚きましたが、お母様はご自分の不誠実行為をあっさり認めて、『慰謝料を支払う。』とおっしゃいました。『あの日光の別荘を売ってお金を作るので、その売却金額を慰謝料とする。』とおっしゃいました。お父様は承諾され、協議離婚が無事成立しました。後ほど私はお父様に、『慰謝料を逆に請求されるかもしれないのに、なぜ慰謝料を請求したのですか。』と尋ねました。お父様は『娘を一流のヴァイオリン奏者にしたいので、なりふり構わずお金が欲しかった。』とおっしゃいました。娘のヴァイオリン教育には、個人レッスン代もかかり、一流の高校、音楽大学への進学、そして留学費用も大変とのことで、どうしてもかなりのお金が必要とのことでした。お父様は、娘は自分が本当に好きだった女性の子供、息子はあちらの母親の子供とおっしゃって、自分はこの娘のために残された人生を送ると決めておられたのです。実はお父様は三年前に、そう長くは生きられない、という病気が自分に見つかり、非常に焦っていらっしゃいました。また同時期にお嬢様がお母様を亡くされたと聞き、早く家内と離婚して娘のもとに行く、とおっしゃっていました。お父様は一か月前に亡くなられましたが、その頃、『自分が危篤になっても、娘は音楽高校の入学試験がある大事な時期だから、娘には知らせないでくれ。』とおっしゃっていました。お父様は三日間ほど危篤状態に陥りましたが、私はお父様の言いつけを守ってお嬢様にはお知らせしませんでした。お父様はお嬢様の合格の知らせを私から聞いて、亡くなられたのです。」

妹は大粒の涙を流していた。私も父の生きざまがわかった。多分、母の実家で居候扱いされ、私が生まれたらもう用無しで、これ以上の屈辱はなかったのではないか。そして好きな女性とやっと出会って妹が生まれ、父は人生の最後に自分だけにしかできないこと、すなわち妹のヴァイオリンの才能を開花させることに全力を尽くすことにしたのだろう。だが、それにはお金が必要だったから、離婚して慰謝料を母から取るという作戦に出たのに違いない。私は母にべったりだったし、ヴァイオリンの才能などないと予め見抜いていたのだろう。そして母から慰謝料を取るには、私が日光で写した写真が大いに役立ったわけだ。母は写真を見ずとも、自分の奔放な行動を顧みれば、観念して慰謝料を支払うことに同意したのだろう。

二十七

私は泣いている妹のほうを見て言った。

「四月から音楽高校に入って、ヴァイオリンの勉強はできるけど、生活はどうするの？　住むところとか？」

「父と住んでいた家は、これから私一人で住むには大きいし、家賃も高いので出て、音楽高校の寄宿舎に入ります。これだけのお金があれば、生活の心配することなく、大学まで進学できると思います。でも…」彼女は困った顔をした。

「でも？」

「私、新しいヴァイオリンを買いたいのです。体が成長してきたから、今までの四分の三のサイズのヴァイオリンでは合わなくなってきました。大人のサイズを買わなくてはなりません。でもヴァイオリンは高価な楽器なのです。父からこんなにたくさんお金をもらっても、そう簡単に新しいヴァイオリンを買うことはできないのです。」

私は妹がストラディヴァリウスのことを言っていると直感した。そして弁護士のほうを向いて言った。

「弁護士さん、私は父の財産を放棄します。私が放棄すれば、ここに書いてある金額はすべて妹のものになるのですよね？」

「ええ、まあそうです。相続の放棄手続きをすれば、相続人が妹さんだけということになりますので、ここに書いてあるお金はすべて妹さんのものになります。ですが、もらえる権利ですよ。完全放棄というより、遺留分だけでももらっておけばよろしいかと思いますが。」

「いいえ、いいんです。私は父の財産はもらいません。妹にすべてあげてください！」

私は興奮して叫んでいた。このお金があれば、私の大学の入学金やら、四年分の学費など簡単に自分で払うことができ、大学の学費を出すから家を継いでもらうという母の目論見から逃れることができる。そうすれば、自由に文学を研究する人生を送れるに違いない。だが、私は私を嫉妬させるほど才能に恵まれている妹を、金銭で援助することに決めた。妹の才能は、昨年秋の全国ヴァイオリンコンクールで、彼女が弾いたカルメン幻想曲で実証済みだった。この才能を一層開花させるのは、父に代わってこの私しかいない。絶対に埋もれさせてはいけない才能なのだ。

「お兄さん、そんなことまでしなくても…」

私は妹に「お兄さん」と言われてどぎまぎしたが、妹の目を見て言った。

「私のことなんて考えなくても良いのです。ただし、私の分のお金を譲るから、約束してほしいことがあります。今後父の遺志を敬い、ヴァイオリンの練習に励み、自己研鑽して一流のヴァイオリニストになること。約束できますか？」

「はい、約束します。お兄さん。」

妹は真珠のような涙を流しながらはっきり言った。

私は弁護士が差し出した財産放棄の書類に判子を押して、妹と握手して、弁護士事務所を後にした。今まで体験したこともないこの上もなく爽やかな気分になった。もう放棄した金額がいくらだったか忘れてしまった。

二十八

家に帰ると、母がちょうど玄関を出るところだった。浅葱色の春らしいワンピースに白のジャケットを羽織って真珠のネックレスをしていた。耳にはいつもの橙色のイヤリングが揺れていた。

「あら、帰ってきたのね、どこに行ってたの？」

「久しぶりに友達と会っていたんだ。お母さんこそどこに行くの？」

「私も久しぶりに友達に会うのよ。最近仕事ばかりしているから、憂さ晴らしね。」

「友達ってイタリア人の彼じゃないよね。」

「違うわよ。イタリア人の彼は、その後語学教室の先生と結婚したわよ。だから違うお・と・も・だ・ち。じゃぁね。あ、夕飯はパスタを用意したから、自分で食べてね。」

母は相変わらず綺麗でお茶目だった。今夜は「お友達」と会うと言って、何の屈託もなく出かける姿は憎めなかった。私はもう母に憧れを持たなくなった。母は母の人生、私は私の人生なのだ。私はいくらか大人になったのかもしれない。私は二階の自分の部屋に上がって、畳の上にごろん、と横になった。窓から月が上っているのが見えた。この月は八時間後にイタリアにも上って、ヴェローナの人々に幸せを振りまくはずだ。私もヴェローナで幸せになった一人だった。もう目をつむっても母の姿は出て来なかった。

（了）

どすこいガイド

一　二〇一八年　両国、相撲部屋

「パシーン！」「ドスーン！」

朝の静寂を切り裂く大きな音が響く。裸の男たちが力の限りぶつかりあう音だ。相撲のぶつかり稽古を初めて見る人は、その当たりの激しさにまず圧倒され、息をのむであろう。

ここは東京・両国のとある相撲部屋。三階建てのコンクリートの建物の一階には、稽古用の土俵と見学者用の畳敷きのスペースがあり、わずか数メートル先で行われる力士の朝稽古を、言わば砂被り状態で見学することができる。

今日、私が相撲部屋にお連れしたのは、オランダ人の二十代の若いカップル。夏休みを利用して初めて日本にやって来たが、日本の旅行社の英文ホームページで、相撲部屋の朝稽古見学の半日ツアーを見つけて申し込んできた。私は旅行社から依頼されて、彼らを朝早く都内のホテルでピックアップし、相撲部屋にご案内し、相撲の何たるかを英語で説明している。世間でいう通訳ガイドなのだ。だが、このガイド業務は誰でもできるわけではなく、まず「全国通訳案内士」という国家資格を取得する試験に合格しなければならない。

私がこの仕事を始めたのは五十八歳で、普通の会社員ならそろそろ定年を見据えて、会社を辞めたら次はどうしようか、と考え始めている頃である。私は三十年以上会社に勤務して、定年を待たずに早期退職をした。そして合格率が十パーセントにも満たない、この難関の通訳案内士試験に挑戦し、無事合格してガイドとして新たな歩みを始めたのだった。

通訳案内士はデスクワーク中心の会社員とはまったく違い、観光目的で来日した外国人を、都内の観光名所、浅草や明治神宮、皇居などにお連れする。誰かが話した日本語を英語に訳す通訳とは違い、自分の言葉で観光地や、日本の事象、歴史、文化などを英語で説明する。その説明もガイドブックに書かれていることではなく、ユーモアも交えながら自分の言葉で、外国人にわかりやすく「語る」ことが必要になってくる。

今日のように朝七時から、相撲部屋の稽古の見学に連れて来ることもあれば、築地場外市場に一緒に行って、日本がいかに海の幸に恵まれている国であるかを紹介することもある。また和太鼓を実際にたたいてみる体験ツァーにお連れすることもあれば、時には秋葉原のメイドカフェで一緒に「萌え～」と言いながらコーヒーを飲むこともある。それもこれも日本の文化なのだ。だが、この日本の文化を初めて日本に来て、見たり聞いたりする外国人に、事の真髄を説明することは結構難しい。なにしろ彼らには彼らの文化、我々には我々の文化があり、相容れないことも理解できないことも少なくない。だが今や訪日外国人旅行者の数は年間三千万人強にのぼる。通訳案内士はいわば、外国語を操る日本の文化の案内役であり、外国人は通訳案内士を通して「日本」を垣間見ると言っていいだろう。

オランダ人カップルの男性の方、ヨセフは好奇心旺盛だ。写真撮影はフラッシュを使わなければ許可されるので、さかんにカメラのシャッターをきっていたが、朝稽古が進むにつれ、積極的に私に質問してきた。質問と言っても、声を出して聞いてくるわけではない。力士が稽古をしている間は、見学者は話してはいけないことになっている。では質問はどう聞いてくるのか。筆談である。私はいつもボールペンとメモ用紙を持参し、稽古の概要や勝敗が決まる仕組みなどを筆談で説明するようにしている。また、お客様にも筆談なら質問オーケーと事前に言っておくので、今日のヨセフの様に盛んにペンを走らせて聞いてくるお客様もいる。

最近、ヨーロッパではユーチューブで相撲を見る外国人が多いと聞くが、実際初めて見る相撲は、外国人にとって不思議なことばかりである。

「戦う前に力士が投げる白いパウダーは何？」

「なぜ彼らは独特のヘアスタイルをしているの？」

「片方の足を大きく上げて地面をたたくような行動は、何をしているの？」

　相撲は日本の国技である。我々日本人は、誰でも相撲を知っているが、案外うまく説明できない。特に「この所作は何のためにしているのか？」という質問に対しては、ほとんどうまく答えられないだろう。「取り組みの前に塩を何のために撒くのか？」「四股は何のために踏むのか？」など、これらのことをきちんと語ることができる人は、日本人でもそう多くない。これらはすべて相撲が神事から来ているということに尽きるが、片や相撲は立派なスポーツであり、興行でもある。さらには伝統や格式、規律など独自の要素が絶妙に絡み合っている。

　オランダ人カップルの女性の方、アンナはつぶらな瞳にストレートの長い金髪。黒いミニのワンピースを着てモデル並みの容姿の彼女を見て、若い力士たちは気が散って稽古に集中できない。彼女は畳敷きの見学コーナーの一番端に静かに座って、力士の稽古を見ていた。だが、見ていたというより、まわししか着けていないほとんど裸の男たちの奮闘ぶりに、呆気に取られてボーっとしていたと言ったほうが良いだろう。

　稽古が始まってから一時間以上経った頃、幕内力士がおもむろに稽古場に現れた。今まで稽古場にいた幕下の力士たちが、大きな声で挨拶をする。急にアンナがペンと紙を要求して、質問をしてきた。

「なぜあの遅れてやって来た力士だけが白いまわしをつけているの？　他の力士は黒

いまわしを付けているのに…」

相撲は階級社会。階級によって稽古の時も、取り組みの時も、日常生活でも着るものが違ってくる。稽古の時に白いまわしを付ける力士は関取で、幕内力士、十両力士であって、幕下の力士は黒いまわしを付けることになっている。アンナの質問に対する答えは、簡単に言ってしまえば「彼は強いから」ということになる。アンナは立て続けにペンを走らせて質問してきた。

「まわしが緩んでほどけてしまうことはないの？　もしほどけたらどうなるの？」

なるほど、こう来たか…アンナは相撲を見る観点がヨセフとは違うようだ。まわしがほどけてしまったら負けになる、と説明すると、アンナは一瞬ぽかんとした顔つきになったが、くすっと笑った。相撲の稽古場で笑ってしまうのは不謹慎だが、私もにんまりしてしまった。私はこのようにお客様の反応を見るのが大好きである。だが、私はガイドになりたくて熱望していてなったわけではない。偶然が奇妙に重なりあって、ガイドになったのである。

二　二〇一三年　新宿、高層ビル

「おい、十亀《とがめ》。こんなポスター作って、この新商品売れるの？」

私が勤めていた会社では、年下の社員は、名前を上司から呼びすてにされる。

「新商品が売れるかどうかは、自社の商品力、営業力、他社の商品との競争力などが左右します。ですので、売り出してみないとわかりません。」

「売り出してみないとわからないものに、予算張り付けてポスター作るのか？」

例によって　部長が部下の提案に対し、難癖をつけることから販促会議が始まった。

「ポスターがないと顧客がこの商品を認知できません。」

「山手線の駅の柱でもペタペタ貼るってわけか？　いくら費用がかかると思っている？　それより、メールマガジンに載せて、ターゲット顧客に商品を打ち出すってもんじゃないのか。」

「それだと、メールマガジンの受信者しか新商品がわかりません。」

「いいよ、それで。買い替え需要を掘り起こせば良いのだ。メールマガジンの良いところは、読者がちゃんと記事を読んだかわかるところだ。クリックしないと読めないから、何人がメールを読んだかがわかる。さらにアンケートでもつけておけば、内容に興味を示したかもわかる。紙のポスターでは何もわからんだろう。」

部長一人が大きな声でしゃべっている。しゃべっているというより怒鳴っていると言ったほうが正しい。この会議には二十人は参加している。だが、皆目を伏せていて、何も言わない。

「新商品の打ち出しは、ウェブマーケティンググループが動いてくれ。今日の販促会議はこれまで。」

何も話さなかった参加者たちが、のろのろと椅子から立ち上がり、誰も私に目を合わすことなく会議室から黙って出て行った。私は高層ビル二十五階の会議室に一人残された。窓から沈みゆく夕日が見えた。その光が無機質な都庁の建物に当たり、長い影を作っていた。私には都庁が巨大な墓標の様に見えた。

その日は、月一回の販促会議で、家電の新商品の販売促進方法を、広報部、宣伝部の管理職が集まって、担当者が提案する販促方法を審議する場だった。だが毎回部長が担当者からの提案をぼろくそに否定し、一人で販促方法を決める。これは会議でも何でもなく、部長が自分の考えを主張するワンマンショーみたいなものだった。私は家電メーカーの宣伝マンとして、二十年以上のキャリアを誇る。漫画「島耕作」みたいなかっこいい宣伝マンではなかったが、まじめに地道に働いてきた。コピーライターと一緒に新商品の宣伝文句を何時間も会議室にこもって考え、ある時はスタジオで、商品カタログの写真撮影をしているカメラマンの助手をして、撮影の構図を決めたり、露出の補正を助言したり、こまごましたことをしていた。これも良いカタログを作りたい一心だった。カメラマンのご機嫌を損ねたくはなかったが、イメージ通りのカタログ写真が撮影できなかった時には、納得がゆくまで何度も写真撮影を要望した。午前零時を過ぎても続けたこともあったが、アドレナリンが出て興奮していたのであろう、眠くもなんともなかった。私は充実していたが、出世や昇進などには縁がなかった。ゴルフもマージャンもせず、上司にお世辞も言わない。いわゆる社内を上手に泳ぐ術を持っていなかった。同年齢の社員がどんどん出世して、後輩にさえも抜かれるようになった。なぜ出世できないのかと考える間もなく　毎朝起きて、会社に行くしかなかった。それ以外に何ができようか。

三　二〇一五年　新宿、大学病院

　このような会社生活を続けていたある日、私の状況が激変する。その日は、商品開発会議で、「売れる商品とは？」の議論が堂々巡りで、すでに二時間を経過していた。私は、新商品を市場に投入してゆくスピードが何より大事であることを言った。自社の製品の商品の開発が遅れて、先に発売された他社の商品の後塵を拝していることが多かったからである。同じスペックで、価格帯が同じであれば、早く市場に商品を出したほうが圧倒的に優位に立てる。その時、会議に参加していた商品開発部の若い管理職は、製品の開発の遅れを私からなじられたと勘違いし、私に向かって「あんたはカタログ作っているだけでしょ。」と言い放った。この若造の発言を聞いて、怒り心頭に発した私は、「ふざけるな、こちらの仕事を何だと思っているんだ。」と言おうとして、立ち上がった瞬間、体が左側に傾くような感じがして、目の前が真っ暗になり、その場に体が崩れ落ちてしまった。後はまったく覚えていない。はるかかなたに救急車のピーポー、ピーポーという音が聞こえた。

　青っぽい服を着た看護師らしき女性が部屋に入ってきた。私をじっと見ているので、少々恥ずかしくなってしまった。

「あ、意識が戻りましたね。ご気分はいかがですか。」と聞いてきた。

「大丈夫です。ところでここはどこですか？　私はどうなってしまったんでしょうか？」と私は恐る恐る尋ねてみた。

「ここですか。ここは大学病院です。十亀さんは、五日前に救急車で運ばれてきて、開頭手術を受けたのです。脳梗塞でしたが、運が良かったみたいですね。」

看護師の顔がぱっと明るくなった。

「開頭手術!?　脳梗塞??　私はいつのまにか頭が開けられていたのですか？　まったく気づかなかった。これは驚いたな。」

「ここは脳外科の病棟です。目覚められたので、私はドクターを呼んできます。少々お待ちください。」

看護師は病室を出て行った。気が付けば酸素マスクやら点滴やら体につながれており、私は自由に動くことができなかった。だが、すぐに自由に動けないのは点滴のせいではないと悟った。左手、左足が動きそうもないのである。感覚もない。これはいったいどうしたのか。早くドクターの説明を聞きたかった。

するとと佳代子が病室に入ってきた。黒と紫の水玉が微妙に重ね合わさっている柄のワンピースにサングラス姿で、およそ病室には似つかわしくない派手ないで立ちだった。

「あら、目が覚めたのね。心配したわよ。命あっての物種だからね。」

佳代子は私の「同居人」である。口は悪いがさばさばとした性格で、優柔不断の私をうまくコントロールしてくれる。五年位前にあるイベントで知り合って、その後、たまに飲みに行ったりしていたが、二〇一一年三月の東日本大震災の日に、彼女から電話がかかってきて、マンションの部屋の本棚が倒れ、足が挟まってしまい、「身動きが取れな～い。」と言っていたので、私が彼女のマンションに行って、「救出」してあげてから親密になった。

その後、余震があって怖いから、「そっちに行くわ。」という感じで私のマンションに転がり込んできた。以降なし崩し的に二人で暮らしている。

「よくこの病院に入院しているってわかったね。」

「あら、あなたの携帯の在処は、ＧＰＳで私の携帯にわかるように設定しているのよ。五日前にあなたの位置情報がこの病院でずっと動かないから、おかしいなぁ、と思って病院に来てみたの。そしたら集中治療室に入っていて、面会謝絶だって言うじゃないの。驚いたけど、『家族です』とも言えないから、毎日こっそり様子見に来ていたのよ。」

「ああ、それは大変だったね。来てくれてありがとう。」

「ほんと、奥さんでもないのに毎日来ているんだから、病院の人も変だと思ったでしょうね。入院の手続きの書類は私が書いて、ちゃんと身元保証人になってあげたわよ。患者との関係は『知人』にしたわ。あなたの目が覚めなくて、どうかなっちゃったら、病院は手術代金やら入院の費用やらをとりっぱぐれるから、保証人を探していたのよ。」

四　一九八五年　人形町、薬問屋

私は実は三十年前に結婚していた。だが家内とは別れた。家内とは私が大学に入るために、地方から東京に出てきてから知り合い、卒業後結婚した。家内は、聡明で芯の強い女性で、家庭に入るというよりもうまく商売を回すタイプだった。家内は、私は大学卒業後、会社に就職せずに、人形町にある家内の実家の薬問屋に婿養子として入ったのである。婿なので当然、結婚後私の姓が変わった。私なりに商売の勉強を始めていたが、家内が持ち前の社交的な性格で、商売上の交渉・取引を一手に引き受けていた。さすが江戸時代からの商家の娘であり、ものが違うと思った。娘も生まれ、人生順風満帆かと思った。だが、結婚してから三年が経った頃から、私は家内の実家に居づらくなってきた。もともと商売もできず、居候みたいなものだったので、役立たずのでくの坊にすぎなかった。ある時、義理の父から「話がある。」と呼ばれ、会社の社長室に入ったところ、突然義理の父から家内と「離婚してくれ。」と言われた。私は唖然としたが、義理の父曰く「もう孫も生まれて、この家の跡取りができた。だから君は自分の思い通りの生活をしたまえ。」というのだった。私はようやく自分の立場を理解した。そしてこの家が、なぜ田舎から出てきた凡庸な自分を、婿養子に迎えたかがわかった。私はこの商家の跡取りではなく、次の跡取り、つまり子供を妻と一緒に作ればそれで役目が終わり、ということだった。跡取りをつくる他にはこの家での私の存在価値はまったくなかった。私がこの家を出ていっても、この家にとっては何の損失もなく、むしろ食い扶持が減って都合が良かった。私がいなくても、社公的で商売に秀でた家内がいればこの家は繁盛する。家内は父親の言うことに一切逆らわず、離婚を承諾し、私はこの家を一人出てゆくことになった。離婚に際し、一歳半の娘がいたが当然、大事な跡取りということで、親権は家内に持ってゆかれた。

何がどうなっているのかわからぬままに事が進んだ。私は、家内の家を出ても、行くあてなどなかった。出身地に帰るという選択も考えられたが、田舎の両親は私が東京に出てから、相次いで他界し、私が住んでいた実家は、なぜか更地になっていて、あとかたもなく消えていた。二人の死後、借金のかたにとられてしまったのだ。借金は、まだ払い終えていなかったようで、現に両親の亡くなった後、銀行から「両親が借り入れをしていたので返済せよ」という督促状が、複数私のもとに届いた。その金額はなんと億単位だった。

いったい両親は何をしようとして、銀行からこんな額の借金をしたのか。あとで地元の人に聞いたが、両親は、実家の両隣の人と組んで、実家を取り壊して、更地にしてから、十階建てのマンションを建設しようと計画していたらしい。もちろんこのアイデアは、両親が考え出したものではなく、両親にマンション建設の資金を貸して、利ザヤを儲けようという銀行が考えた策略だった。しかしこの策略は、それこそ水泡に帰してしまった。実家は予定通り取り壊され、更地にマンションが建つはずだった。だが建築を請け負った建設会社は、景気の波にのって事業を拡大しようとして、手を広げすぎて経営が悪化。マンション建設は宙ぶらりんになった。しかし銀行は、容赦なく借金の返済を両親に求めてきた。借金はマンションが建って、部屋が売れれば、難なく返済することができた。等価交換でマンションの最上階に自分たちの家も持てるはずだった。私は両親が相次いで亡くなったのは、借金も返済できず、自分たちの生活の基盤も失ったことで悲観し、自殺したのではないかという疑念がふつふつと湧いた。相続には「正の相続」と「負の相続」がある。亡くなった両親が現金、株式、不動産を持っていれば、相続人である子供には、正式な手続きを経てそれらの財産が相続される。だが、両親が借金をしていたり、負債を抱えていたりするとその借金も子供が相続することになる。いわば「負の遺産」だ。私は「相続放棄」の手続きをしてこの「負の遺産」を断ち切った。

いったい、私が結婚して作り上げた家庭は何だったのか。当時、私は特に家庭に関して、何の考えも持っていなかった。家内の家を出た時点で、仕事と住居を一挙に失った。とりあえず、名前を旧姓にもどし、寝る場所を確保すべく、アパート探しを始めた。アパートが見つかるまでは、簡易宿で夜を過ごした。家内と別れていなければ、薬問屋の若旦那として、何一つ不自由なく人並み以上の生活ができただろう。私に商売の才覚がなくても、優秀な家内が切り盛りする商売は、繁盛したに違いない。私は昼間は何もせずぼーっと過ごし、夜は業界の集まりと称して、同じような類の仲間と、銀座や赤坂で酒を飲んでいればよかった。家内と結婚して二年ばかりはこんな生活をしていたが、すでにその頃には、日々が退屈していた。私には生きる目標もなく、ただ惰性で緩慢に日々を送っていた。実は家内の家を出てから、なぜかそのような生活から脱出できて心晴れやかになって、せいせいした気分になっていた。そして人にとって家族とは何なのか、と考え始めた。家族が人生の基本であれば、私のように両親も亡くなり、妻や娘とも別れてしまった男はいったいどういう立場になるのか。その頃は、男と女も結婚して家庭を作り、家族の一員として生活してゆくことが良いとされていたが、家族とは何なのか、家族をもつことが一番の幸せなのか。答えが出ないような自問自答を繰り返していた。

五　一九八六年　高幡不動、アパート

大学時代の友人が不動産業をしていたので、そのつてで、安いアパートを借りることができた。新宿から私鉄に三十分ばかり乗って、さらに十五分バスに乗り、周りが工場のような、辺鄙な場所にアパートはあった。部屋は北向きの六畳で、日中はまったく日射しが入ってこなかったが、贅沢は言っていられない。部屋に入って、蛍光灯のひもを引っ張ると、しばらくしてから、ぱっぱっ、と灯るのに、なぜか安堵感を抱いた。また、やかんでお湯を沸かして、ティパックのお茶を飲む時には、これまで経験したことがないような言い知れぬ幸福感があった。

「あ〜、ゆっくりしているな。案外これが幸福じゃないのか。じゃぁ、今までは何だったのか。」

つまらない考えにふけっていたが、ふと我に返った。こうしてはいられない。早く職を見つけないと食うに困ってしまう。だが、いったいどうすればよいか。

私は毎朝六時前には起きて、十分歩いてコンビニに行った。コンビニで朝食のパンと牛乳を買い、ついでに新聞も買って、新聞の求職欄をじっくり読むことにした。求人欄に掲載されているめぼしい会社には、それこそ片っ端から丁寧に自筆で書いた履歴書を送付した。私は二十六歳になっていたが、今でこそ「第二新卒」などで就職のチャンスはあろうが、当時は三年務めて、他の会社に転職するなどということは普通ではなく、しかも私には会社に勤めた経験がなかったので、職務経歴書に記載することがなにひとつなかった。履歴書を送った会社からは、どこからも書類審査通過の通知は来なかった。

それでも諦めずに、ある日、例によって新聞の求人欄を見ていたところ、地方の家電メーカーが東京勤務の宣伝部員を募集していることを見つけた。当時から、全国ネットのコマーシャルを製作したり、カタログの撮影をしたりするのには、メディアが集中している東京が主で、東京以外に本社がある会社も、広報・宣伝部だけは東京に置いていることが珍しくなかった。募集を掲載していた家電メーカーは、広告代理店も東京にあるので、新商品のプロモーションを依頼するにも、クライアントとしてプレゼンテーションを受けるにも、東京での会合が便利なので、東京での宣伝部員を拡充するようだった。募集要綱には経験不問と書かれており、私はこれをチャンスと思った。今まで、営業ならできるだろう、と営業部門の募集ばかりに応募していたが、今回は目先を変えて宣伝部門の募集に賭けてみようと思った。私は何となくだが、「うまく行くのではないか」と根拠のない思いがふつふつと湧き、ペンをとって履歴書を書き、初めて宣伝部門へ応募した。

六　二〇一六年　新宿、会社

私の目論見は、奇しくも当たった。東京では知名度が高くない地方の家電メーカーは、東京の宣伝部員を補充することが急務で、なりふり構わず、たいした面接もせず、何の取柄もない私を採用してくれた。ラッキーとしか言いようがなかった。私は働き始めた。今まで住んでいたアパートは引き払い、勤務先の新宿まで十五分で出られるように、世田谷に見つけたアパートに引っ越した。まったく右も左もわからない会社勤めで、毎日同じ時刻に起きて、電車に乗り出社し、夜の九時頃帰ってくる生活になった。歳をとるにつれて、帰宅する時間は十時、十一時となっていた。そして、気づいたら三十年が経ってしまった。サラリーマン生活なんてあっという間なのだ。三十年の間には仕事の手ごたえを感じる時も確かにあった。だが功績を挙げても挙げなくても　ほとんどの人は、五十歳をすぎれば、自分が会社にとって一個の歯車であったことに気づく。自分は会社にとって、唯一無二の存在ではなく、仮に自分がいなくなっても、いくらでも変わりがきくシステム化された組織であることを。そして自分が何の変哲もない人間であることを。会社によっては、定年退職の前に「役職定年」

といって、すべての肩書を引っぺがして、平社員の職位に落とすところもある。そして自分がかつて指導していた年下の人間が上司になり、わけのわからない指示を出しても面従腹背して、「はい、はい」と生返事をするようになる。いくらくだらない仕事だと思っていても、「会社を辞めよう」とは思わないのだ。何のために？

ほとんどの五十代の人が「家族のために」と答えるだろう。もう少し詳しく答えるとすれば「家族が住む家のローンの返済のために」「子供の学費のために」ということだろう。誰も「自分のために」と答える人はいない。家のローンを抱え、さらには大学受験を控えた息子や娘がいたら、五十代の人は簡単に会社を辞めることができない。しかし、会社にとっては、そういう五十代の人間は、役員になる人間以外、コスト高の要因でしかないので、容赦なく辞めるよう仕掛けてくる。「早期退職制度」や「転身プラン支援制度」など「制度」の名を借りた、まことしやかな施策を掲げ、その紹介・説明と称して、五十代の社員と個別面談して、実際は退職を促すことになる。体の良いリストラ策だが、あくまでも会社都合ではなく、「社員が制度を利用して退職する」ということにして、穏便にやめさせようとしているのだ。そうしないと、マスコミがすぐ「〇〇社、五十歳以上の社員を百人リストラ！」などと面白おかしく騒いでしまう。

「この転身プラン制度、良いと思いますけどね。今、早期退職すると、正規の退職金の他に割増金が結構出ますし、いいんじゃないですか？」

私は、脳梗塞の手術を受けてから、三か月後に会社に復帰した。幸い手足にマヒは残らず、依然と同じように働ける状態になっていた。復帰して一週間経って、急に上司と個別面談をすることになったが、会議室に入ると、いきなり「早期退職」の打診をされた。

この制度があることは知っていたが、自分が対象になるとは思ってもみなかった。

「いいえ、私はまだ他の会社に行くなどの転身をすることは考えていません。この会社でまだ働きたいと思っています。」

私が入院している間に、四十代で部長に抜擢され、意気揚々と異動してきた若き部長は私のことなど何も知らない。彼は話し続けた。

「いや、転身先が決まっている、決まっていない、という問題ではなく、この制度を利用したらどうですか、とお勧めしているんです。五十七歳のあなたには、結構魅力的な制度だと思いますが。」

「私に魅力的な制度かどうかは、わかりません。」

「いや、いいんですよ、この制度は。早く、第二の人生の扉を開けるほうが良いです。」

「第二の人生とは何ですか。この会社に勤めているのが第一の人生、辞めたら、第二の人生ということですか。先ほど申し上げたように、まだこの会社で働きたいと思っていますし、私にとって、人生は第一も第二もありません。」

「この会社に残って、あなたはどうするつもりなのですか？　はっきり言って、あなたにはもうこの会社に居場所がないんですよ。この部でも、他の部でもあなたを引き取る部署はないんです。人事部からの指示では、この部で三人は、この制度を使って辞めてもらわなければならないのです。三人辞めてもらわないと、私の人事考課が落ちてしまいますからね。ここで躓いてしまったら、私の今までの会社人生が水の泡です。人助けだと思ってこの制度を利用してください。あと一週間で退職金の割り増し期間が終わってしまいますから今がチャンスです。よく考えていただいて、今週中には返事をください。」

彼は、苦虫を嚙みつぶしたような顔をして、会議室から出て行った。

七　二〇一六年　新宿、ハローワーク

私は一週間後、会社を辞めた。転身するあてなどなかったが、部長が言う「魅力的な」転身プラン制度を利用して、五十七歳時で支給される退職金の他に、この制度の割増金をもらった。六十歳の定年まで勤めたほうが、退職金は満額支給されるが、そんなことはどうでもよかった。早く辞めないと精神が参ってしまうと思ったのだ。この会社での三十年間は、何だったのだろう。中国に「一炊の夢」という故事があるが、まさしく飯を炊き上げる時間にちょっと昼寝をしていた感じであろうか。だが私は退職して、なぜかせいせいした気分になっていた。不思議にもこの気分は、三十年前に家内と離婚して、家を出た時の気分と同じだった。人間、何かから解放されると、これほど気分が良いものなのか。

もし私が、この制度を利用せずに辞めていなければ、宣伝部にとどまることはできず、通称「追い出し部屋」という五十歳以上の人が、意図的に集められた部署に異動させられて、「自己啓発をせよ」と命ぜられることになるはずだった。「自己啓発」は各個人によって異なっていて、ある人はパソコンの習得を、ある人はビルの屋上庭園の草むしりなどをすることになっていた。出社時間と退社時間は各人の裁量に任されていたが、毎朝出社してもろくに仕事がないので、次第に出社しなくなって自動的に
退職となる。会社と個人との関係なんて、その程度なのだ。
私は少し静養してから、次の勤め先を探そうと思った。これが「第二の人生」の模索というものであろうか。私は、私に退職勧奨をした部長が言った「第二の人生」という言葉を思い出した。しかし人生に「第一」も「第二」もあるのだろうか。結局働いていた順番で、世間では「第一」「第二」と便宜的に名付けているだけで、働く本人にとっては、どうでも良いことにように思える。人生には、青年期、壮年期、老年期というものがあるだろうし、教育を受けている期間、労働が主たる期間、そして退職したあとの期間という区分も成り立つかもしれない。だが人生の中で、これは「第一」、あれは「第二」など峻別していたら、「本当の人生」はどこにあって、いつなのか。もの心ついてから、信条とそれに基づく行動が、ぶれないように生きるのが人生であって、ここからここまでが「第一」で、その次が「第二」と言って、人生が変わるものではないはずだ。
とりあえず、職探しに「ハローワーク」という現代風のお洒落な名前に変わった職業安定所を初めて訪れたが、職員から、「利用の仕方などを会議室で説明する機会があるので後日また来てください。」と言われた。指定の日時に再度職安に出向いてみ

ると、どうやら毎月初めて職安を利用する希望者を、数十人まとめて一日で一気に説明するようで、説明が行われる会議室は、職を求めて説明を聞く人でごった返していた。後ろのほうの空いている椅子をかろうじて見つけて座ったが、説明が始まっても会議室に入る人の列はえんえんと続いた。意外と若い人が多いので驚いた。乳飲み子を抱えたママさんたちがいて、赤ちゃんの泣き声で説明している職員の声がよく聞き取れなかった。当時よく「一億総活躍社会」とテレビのニュースで言われ始めていたが、そう簡単に皆が職を得て、活躍できるわけではなく、実態は、そのスローガンと大きく乖離していているように思えた。

次の日から私は、説明会で聞いたプロセスに則って仕事を探そうと職安に通い始めた。職安のパソコンを使って、自分の希望条件を打ち込み、それと合致した求人している会社の情報を得て印刷し、相談員のいるカウンターに持ってゆく。職安からの推薦状をもらって、自分で書いた履歴書とともに封筒に入れて応募するのだ。だが概ね相談員は「応募者の年齢不問とあるが、あなたの年齢ではまず採用されない。」と言って、「無駄なことはやめたら」と声には出さないものの顔で語っていた。私は相談員の制止を振り切って、三十社あまりに応募書類を出したが、応募した会社からは何の連絡もなく終わった。私は自分が社会に受け入れられないと感じた。

八　二〇一七年　通訳案内士予備校

会社を辞めて三か月が経ったが、私は毎日無為に過ごすしかなかった。だんだん就業意欲も失せてきて、これからどうするか、と考える時間が多くなった。三十年前に家内の実家を出て、仕事を探していた時は、「まだ若いからなんとかなる」と若干の希望があったが、すでに五十七歳になっていた私には、何の未来もないように感じた。この国では、歳をとると、社会で働けなくなる仕組みになっているのでは、とも思った。誰でも歳をとるのに。

夜は夢を見てうなされることがあった。会社で多くの同僚の前で、上司から厳しい叱責を受けていたり、無視されたりしている内容だった。夢の中の話は、現実に何回もあったことだが、三か月も経ってから、深層心理の奥底から、夢となって出てくるなんて、それこそ夢にも思わなかった。相当深くメンタルが傷ついていたのだろう。会社では、上司から部下へのパワハラは日常茶飯事で、特にまだ社会経験が少ない若手がパワハラされると出社しなくなってしまい、しばらくしてそのまま退社ということもあった。その時の上司は、「最近の若者はすぐ潰れる、忍耐力がない。」などと言っていて、追い詰めたのが自分であることには、まったく気づいていなかった。

よく眠れなくても、とにかく朝は六時には起きて、運動不足解消のために、散歩だけはすることにしていた。ある冬の朝、例によって家の近くを散歩していたところ、あるビルの片隅に、着物の日本人女性が、外国人にお茶を振る舞っているポスターを見つけた。どうやら外国人に、英語で茶道を教えているようだった。私は何の気なしに、そのオフィスに入って説明を聞くことにした。そこは通訳案内士を養成する予備校で、応対してくれた男性は「全国通訳案内士」という国家資格が存在し、そのライセンスを持っていれば、来日した外国人に英語で観光ガイドをしたり、日本文化を教えることができると言う。

私は興味を示した。学生時代から旅が好きで、日本全国を回っていた。日本は自然が豊かで、歴史や文化もあり、各地の食べ物もおいしく、しかも安全・清潔で、外国人に限らず旅行するには素晴らしい国だと思っていた。日本を訪れる外国人旅行者は、年々増加しており、日本を紹介できるガイドはやりがいがありそうだと思った。なによりもフリーランスとなり、自分のペースで働けることも、「もう束縛されたくない」と考えていた私には合っていた。さらに応対してくれた人が教えてくれたガイドの謝金の金額は、無職無給の私にとってかなり魅力的だった。私はすぐに通訳案内士試験に挑戦することにし、まずは一週間に一度、英語のブラッシュアップをしに、この予備校に通うことにした。

通訳案内士試験は、語学系の国家資格の最難関で、合格率は全受験者数の十％にも満たない。一次試験は英語、日本地理、日本史、一般常識の筆記試験、二次試験は口述試験でその面接に出される問題は「大政奉還」やら「お盆」などを英語で説明しなさい、というもので、英語はできても日本の歴史や習慣などを知らないと歯が立たない。幸い英語は、学生時代から得意で、会社員の時もグローバル会議とやらで、海外の現地法人の担当者を東京に集めて、新商品の販促方法を議論する場の進行役をしていたりしたので、英語を話すことは苦にならなかった。また地理と日本史は、大学入試の時に受験科目として選択していたので、けっこう勉強していて、なんとかなりそうだと思った。だが、やはり口述試験の対策は一筋縄ではゆかず、「これは大変だなぁ」とあきらめ気味になったが、「落ちたくない」という一心で、予備校の模擬面接などの講座に積極的に出て、試験に臨んだ。そしてあのお茶を外国人に振る舞っているポスターを見てから十か月後。私はめでたく合格した。自分の受験番号を、ウェブの合格者リストで見つけた時は、嬉しいというよりもなぜか安堵して、ようやくこれから自分を取り戻してゆける、という思いがした。これが「第二の人生」というよりも、これこそが自分の人生ではないかと、思った。

九　二〇一八年　両国、巨大な石像

「十亀さん、相撲の朝稽古見学のガイドから始めてみます？」

　八月初旬の暑い日の午後、旅行社の事務方の鶴田さんから電話があった。私は予備校が主催する通訳案内士の実地研修を、試験合格後の翌年一月から六月末まで受講し、その後　旅行社に英語の通訳案内士として登録し、仕事が来るのを待っていた。自分からも旅行社の一日都内ガイドの募集などに都合がつく限り応募していたが、まったくレスポンスがなく、「やっぱり、世の中そううまく行かないものだな。」と思っていた矢先だった。鶴田さんは四十代の女性で、いつもけだるい雰囲気があったが、旅行社では、外国人観光客からのツアー申込み受付、ガイドの手配、訪問先の交渉などを一手に引き受けるグループのリーダーだった。

「アメリカ人のファミリーで両親と子供の三人なんだけど、お母さんが相撲の朝稽古を観たいと申し込んできたの。八月二十五日だけど、ご都合いかがかしら？」

　私はすぐにオーケーの返事をして、鶴田さんからのメールを待った。そこにはお客様のお名前、ホテルでお客様をピックアップする時間、訪問する相撲部屋などが書かれてあった。

相撲部屋訪問の前日にお客様が泊っているホテルにファックスを送って、明朝迎えに行く旨を伝えておいた。だが、すぐにファックスを読んだアメリカ人ファミリーのご主人から私の携帯に電話があった。

「明日、相撲は東京では行われない、とホテルのフロント係の人から聞いた。だから相撲は見に行けないのではないか。妻は相撲がいつ実施されるかどうかもわからず、あわてて申し込んだようだ。」

私はあわてずゆっくり英語で答えた。

「いいえ、明日、相撲の朝稽古はいつものとおり行われますよ。」

多分ホテルのフロント係の人は、「大相撲は、八月末は行われていない。」という意味のことを言ったのだろう。確かに大相撲は一月に東京、三月に大阪、五月に東京、七月に名古屋、九月に東京、そして十一月に福岡で行われるので、八月末は東京では行われない。テレビで大相撲を見ていると、いつも同じ土俵が映っているように見えるが、実際は開催都市の土俵が映っている。東京の土俵だったり、大阪の土俵だったりするのだ。片や相撲部屋の朝稽古は、ほぼ毎日行われる。朝稽古の休みは大相撲の本場所が終わった後の一週間くらいだ。このホテルのフロント係の人を責めることはできない。案外、大相撲が東京の国技館以外で実施されていることや地方巡業が多いこと、朝稽古は毎日行われていることを知らない人は多い。

当日、赤坂のホテルでアメリカ人の親子三人のファミリーと出会い、両国の相撲部屋へ連れて行った。ガイドの研修で教わった通りに、見学中は声を出して話してはいけないこと、写真は撮っても良いがフラッシュは使わないことなど、相撲部屋での見学作法を教え、二時間あまりたっぷりと相撲部屋の一角にある畳敷きの見学コーナーに座ってもらって、身近で相撲の稽古を見学してもらった。あまり質問が出なかったので、筆談にて説明することもなかった。稽古後、相撲部屋の建物の外に出て、力士に私が交渉して、お客様と一緒に記念写真撮影に収まってもらった。「これで無事ツアー終了、初めてにしてはうまくいった」と思い、両国駅までファミリーを送ろうと歩き出した。

ふと大学生の息子さんが、江戸東京博物館の横に立っている巨大な石像を見つけて、「あれは何？」と質問してきた。ふと彼が指さす方を見ると、確かに大きな亀のような動物の上に台座があって、左手に鷹のような鳥を掲げ、陣笠を被った侍らしき石像が雄々しく立っていた。高さは十メートルを超えているだろうか。私はこの像を初めて見たのですぐにはどういうものか、まったくわからなかった。だが台座をよく見ると、その石像の建立の由来が彫り込んであった。なんと「徳川家康」の像と書いてあった。両国に徳川家康の石像？　何のために、誰が建立したか、まったく見当もつかなかった。さらに徳川家康を外国人に英語で説明することは、結構難しい。多くの日本人は、ナポレオンやワシントンなど欧米の歴史上の人物をある程度知っていて、説明されると「ああ、そうそう」と頷くことができるが、欧米人は「サムライ」を知っていても、家康や信長、秀吉など戦国時代の個々の武将についてはまったく知らないのだ。だから「徳川家康は一六〇〇年の関ケ原の戦いに勝って、征夷大将軍に任じられ、江戸に幕府を開き…」などと説明をしても彼らはピンと来ないし、「征夷大将軍って何?」「幕府って何?」という質問が連発されて、収拾がつかなくなる。家康をどう説明しようか、少し逡巡してから、おもむろに「この像は徳川家康というサムライで…」と口火を切ったところ、大学生の息子さんが「オ〜イエヤス! ヘッド・オブ・サムラ〜イ!」と大きな声を上げた。そして家康に関する知識をとうとうと話し始めて、見事に家康のことを説明したので、ご両親も私も驚いてしまった。なんと彼は「ショーグン」という小説をすでに読んでいて、大学でも日本史の講義を受講していたので、家康についての知識を持ち合わせていたのだ。ちなみに、その大学での日本史の期末試験には、「以下の年号に日本で起きた非常に重大な出来事は何で、その出来事が起こったことによる社会的変化と歴史的意義を述べよ。一六〇〇年、一八六八年、一九四五年。」という問題が出たそうだ。日本人なら出来事は結構答えられるが、社会的変化や歴史的意義となると、筋道立てて説明できる人はぐっと少なくなるのではないか。自国の歴史や文化が軽んじられてしまうと、その国の存在価値さえ危うくなるかもしれない。アメリカ人の一大学生に大切なことを教えられたような気がした。

その後、何回かガイドを務め、ガイドをしている間に、質問されて答えられなかったことは、帰宅してから、ノートにつけておくことにした。ガイドは何回しても、いろいろ多種多様な質問がお客様から出て、正直、答えるのに難渋するものがあった。答えられないわけではなく、日本の時代背景や文化、風習、習慣、日本人の行動までも説明しなければならないので、ちょっとやっかい、大変ということだ。

「日本ではなぜ車が道路の左側を走るのか？」

「信号のない横断歩道を渡るときは、歩行者優先で良いのか？」

「なぜ日本の地下鉄には、女性専用車があるのか？」

「地下鉄に、同じ服装（制服）をして大きなカバン（ランドセル）を背負った小学生らしき子供が数人乗っている。親はどこにいるのか？」

「なぜ街に大きなゴミ箱がないのか？」

「なぜ街を歩いている健康な人たちがマスクをしているのか？」

最初の相撲ガイドの時に見た徳川家康の台座の下にある亀が気になったので、調べてみたら、これは亀ではなく、中国の伝説上の龍が生んだ神獣の一つ「贔屓」で、亀の形をとってこの世に現れると言われており、「不動」の象徴とされている。重きを負うことが好み、そのため古来より石柱や石碑の土台の装飾に用いられる、とのこと。ふと私は、徳川家康の遺訓「人の一生は重荷を負うて、遠き道を行くがごとし、いそぐべからず」を思い出した。人生は誰にとっても軽くないのだ。

十　二〇一八年　新宿、伊勢丹前

相撲部屋見学でなんとかガイドデビューを果たした私は、その後、東京半日ツアーや一日ツアー、築地場外市場巡り、大宮の盆栽園訪問、鎌倉禅寺ツアー、秋葉原オタクツアーなどをこなし、着実に実績を重ねて行った。だが、やはり相撲部屋の朝稽古見学が一番自分としては性に合い、実際、お客様からの評価も良かった。

ガイドの世界もやはり「お客様の評価」がモノをいう。お客様には、ツアー終了後、アンケートが旅行社からメールで送られ、ツアー自体の評価だけではなく、ガイドのパフォーマンスの評価もすることになっている。「あなたに付き添ったガイドは良かったですか?」という質問があり、お客様はガイドをⒶからⒺまでの五段階で評価・ランク付けできるのだ。さらに満足だった点、不満だった点も、記述式で自由に記入できる。相撲の朝稽古見学は、稽古中は話すことができないため、説明を英語で筆談するしかないが、私は努めて力士たちが今行っている所作は何なのか、何のためにそれをしているのかを事細かく筆談でお客様に説明した。おかげでⒶのお客様評価を結構もらっていた。同じ見学時間に来ている通訳ガイドの中には、稽古中は話してはいけない、という規則を「順守」して、まったく説明しない人もいた。だが、説明しなくてよい、ということではない。こういうガイドにあたったお客様は気の毒で、せっかくガイドを雇って相撲の朝稽古を見に行っても、相撲が何たるかわからず、もやもやした気持ちで、相撲部屋をあとにすることになる。

ある日、映画を見に行こうと新宿に佳代子と一緒に出て、新宿三丁目の伊勢丹前に差し掛かったところ、

「十亀、十亀じゃないか。」

と大きな声で、私の名前を遠慮なく叫んでいる男性がいた。よく見ると、かつての会社の上司で、宣伝部時代にことごとく私の提案を握りつぶしていた人だった。

「急に会社辞めたんで、どうしたのかと思っていたよ。今何しているんだ?」

別に　この人の質問に答える義務などまったくなく、立ち去りたかったが、一応、

「外国人向けの英語の通訳ガイドをしています。」

「へ～、ガイドなんてやっているの。なんだそれ。金になるのか。ガイジンにこきつかわれるだけじゃないのか。あっち行きたい、こっち行きたい、なんて言われてね。」

「そんなことありませんよ。結構楽しくやっています。」

「へ～、そんなもんかね。ま、しっかりやれよ。じゃぁな。」

彼は、悠々と立ち去ったが、私はなんだか涙が出そうになった。彼には私が会社を

辞める時、もちろん挨拶などせず、もう二度と会いたくないと思っていたが、偶然だが会ってしまうと、即座に会社時代と同じ上下関係になってしまい、なんとも空しかった。また彼の悪態にも慣れっこのはずだが、久しぶりに聞いて、今さらながら気分が悪かった。でも涙が出そうになったのはそれだけの理由ではない。自分が打ち込んでいるガイドの仕事をけなされたような気がしたからだ。世の中には常に上からの目線でしか、話をしない人がいるのはわかっているが、ガイドの自分、いやガイドそのものをいかにも蔑まれたような感じがして、どうにも不愉快だった。

なんともやるせない気持ちを抑えようと、スタバに入ってアールグレーの紅茶でも飲もうと思った。佳代子に店の奥の席を確保させて、自分の紅茶と佳代子のキャラメルマキアートを注文して席まで運んだ。佳代子は、私があまりにも不愉快そうな顔をしていたので、

「あんなの、放っときなさいよ。自分は会社を辞めても何もできないから、少しやっかみが入っているのよ。いずれにしても冴えないやつね。」

佳代子にかかるとどんな人でも一刀両断に切られてしまうが、そこが佳代子の良い所だった。何度この「ぶった切り」に救われたことか。本人が悩んでいても、他の人から見たらたいしたことがないことが世の中に山ほどある。結局、本人の気にしすぎということか。

「ねぇ、ちょっとまじめな話があるの。」

「なんだい、改まって。」

「昨日の夕方、社長に呼ばれてね、取締役になれ、って言うのよ。」

佳代子は中堅アパレルメーカーのデザイナーをしていた。もっとも三十年も勤めているので、今やデザイン部門のトップだった。佳代子が描くデザイン画から服ができるわけだが、ショッキングピンクやらバイオレットやら派手な色遣いで、でも下品にならず、そのセンスは抜群で、会社のブランドは、佳代子のデザインでもっている、と言っても過言ではなかった。

「すごいじゃないか。もちろん引き受けるんだろう。」

「それが気乗りしないのよ。取締役になったら、経営会議とかに出なきゃいけないの。一度オブザーバーとして出たことがあるんだけれど、それが退屈ったらありゃしない。売り上げの数字とか、経常利益とか言われても、ちっともわかんないし。」

「これから経営も少しずつ勉強していけば、いいじゃないか。」

「そんな時間があったら、一枚でもデザイン画を描きたいわ。私はデザイナーなのよ。経営者じゃないわ。それに…」

「それに？」

「会社の同年代の男どもが、どこからか私が取締役に推されたことを聞きつけて、私にやっかみ言うのよ。女のくせに重役かぁ、とか、この昇進は、会社の取締役陣に一人も女性がいないと、昨今世間体が悪いから、社長が無理くり取締役にするんだ、とかね。」

「そんなの、放っとけよ。自分は会社に長くいても重役になれないから、少しやっかみが入っているんだよ。いずれにしても冴えないやつらだね。」

「あら、おかしい。さっき私が言ったセリフにそっくりね。」

佳代子はにんまりしながら、うまそうにキャラメルマキアートを飲み干した。

十一　二〇一九年　両国、国技館

ガイドになって、一年近くたった頃のある日、携帯に旅行社の鶴田さんから電話が入った。いつもけだるい雰囲気の鶴田さんだが、その日はなぜか力のこもった話し方だった。

「十亀さん、今度の日曜日、ご都合いかがかしら。アメリカ人のご夫妻に相撲の通訳ガイドをお願いしたいの。」

「今度の日曜日は空いています。お引き受けします。いつもの朝稽古見学ですね。」

「いえ、今度の日曜日は大相撲の千秋楽でしょ。お客様は、両国の国技館で大相撲を観覧されるから、説明をお願いしたいの。」

「ええ、良いですよ。場所は枡席ですか、それとも二階の椅子席ですか。」

「一階の枡席の椅子席よ。」

「はぁ？　枡席の椅子席？」

「そう、枡席のところにそのお客様のために、特別に椅子を入れて椅子席にするの。」

「え？　ひょっとして⁇」

「そう、アメリカ人夫妻っていうのは、アメリカ大統領夫妻よ。」

来日したアメリカ大統領が、大相撲の千秋楽を観る予定になっていることは、テレビのニュースなどで私も知っていて、枡席に胡坐をかいて座ることができないので、特別に椅子席を用意することになったことも知っていた。枡席に椅子を置くなんて、なんと無粋なことか、と思っていた。日本の相撲は枡席で胡坐をかいて観るものだ！

「アメリカ大統領に相撲のガイドをするなんて、私の他に優秀なベテランガイドがたくさんいるでしょう。千秋楽まであと二日なのに決まっていなかったのですか？」

「それがね、ガイドは決まっていたんだけど、その人、昨日自宅の階段からころげ落ちて、足を骨折して入院しちゃったのよ。代わりの人をほうぼう手をつくして探したんだけど、アメリカ大統領と聞いただけで、皆遠慮しちゃうの。」

「そりゃそうでしょう。私も遠慮します。それに優秀な人はまだいますよ。そちらをあたってください。」

「確かに政治や外交の通訳はできる人はいるんだけど、相撲となると話が違うのよ。左からのおっつけ、とか、ただ今の決まり手はうっちゃり、なんて、いくら優秀な通訳でもうまく訳せないわよ。それに相撲には儀式的な所作がいろいろあって、完璧な動きを呼び出し、行司、力士がしているでしょう。単に通訳するだけじゃなくて、取り組みの間の時間も、大統領が退屈しないようにうまく説明していかなければならないわ。」

鶴田さんと私の押し問答は一時間も続いた。結局、鶴田さんに粘られて押し切られて、私は引き受けることにした。鶴田さんと話しているうちに、徐々に私は引き受ける方向に傾いていったのだ。お客様が誰であろうと、日本独自の文化・風習などを知ってもらって、「へ〜初めて知ったよ。面白いねぇ。」とお客様に言わせるのが私の仕事だからだ。満足していただけるかどうかはわからないが、チャレンジすることにした。

「十亀さんならできるわよ。相撲に対する知識はあるし、何よりガイドをするのに情熱が漲っているからね。」

鶴田さんは、本当に人を動かすのが上手い。

千秋楽当日、私は国技館の前で鶴田さんと待ち合わせで、入館証を受け取り、関係者入り口から国技館に入った。旅行社の社長が私の身元保証人になって、推薦状をアメリカ大使館に送っていたので、私が通訳として場内に入ることはさほど問題はなかった。だが持ち物検査は厳重だった。先のとがったボールペン2本は、「危険物」として取り上げられてしまい、「困った、これでは得意の筆談による説明ができない。」と一瞬思ったが、国技館は相撲部屋の稽古時と違って、静かに黙っている必要がないので、その日はすべて口頭で説明することにした。

大統領は、幕内の取り組み後半に夫人とともに現れて観覧し、全取り組み終了後、土俵に上がって優勝力士にアメリカ大統領杯を今回特別に渡し、表彰状を読み上げることになっていた。大統領夫妻を待っている間は、気が遠くなるくらい長く感じた。この時は、あまり緊張はしておらず、早く終ってしまえば良い、とのんびり構えていた。しばらくたって、大統領夫妻が時間通りに現れた。国技館の場内は、割れんばかりの拍手と歓声に包まれた。観客に手を振った後、お二人は、枡席に特設されたビロード張りの豪華な椅子に座り、おもむろに土俵のほうを向いた。次の取り組みの力士が入ってきて、四股を力強く踏み始めた。私は大統領夫妻の間の一歩下がったスペースにパイプ椅子で座っており、ここからが私の出番だった。

相撲の起源は、古来神々に豊作を祈る村の祭りで、力自慢の男たちが戦って、その年の豊作を占った神事から発していると言われている。その歴史は千年を越える。土俵は聖域で、四股は、地中の邪悪のものを踏みつけて封じ込める所作だ。でも四股は、力士たちが戦う前に股関節を動かしたりできるので、絶好の準備体操ともいえる。そして土俵の脇に控えた取り組みを終えた力士が、次の取り組みの力士に差し出すのが力水。力士が取り組み前に水で口をすすいで清める所作だが、我々が神社に行って、参拝前に手水屋で口をすすぐのと同じだ。続いて塩まき。塩をまいて土俵の穢れを払って、けがをしないように祈る。蹲踞《そんきょ》して、柏手をうち、両手を大きく広げる。野外で相撲を取っていた頃、草で手を清めていた名残だ。何も武器を持っていないことを示す意味もある。この一連の所作が、戦う前に毎度行われ、それぞれ深い意味を持っていることを英語で説明した。

大統領はふむふむと頷いていたが、興味津々で身を乗り出して聞いていたというわけではなかった。どうも今回の大統領の相撲観戦は、大統領の達ての希望ということではなく日本政府が「おもてなしの一環」として予定したらしく、大統領にとっては、5月の爽やかな時期にもっとゴルフをしたい、というのが本音だったかもしれない。この辺は通訳ガイドをしていると、よく遭遇する場面で、例えば日本にせっかく来たから「本格的なお鮨をどうぞ」と勧めても、生の魚が食べられない外国人も多く、玉子焼きだけを食べて終わり、なんてことがしょっちゅうある。日本独自のものだからと言って、勧めたとしても相手には、単なる「お仕着せ」になってしまうこともあるのだ。

制限時間がいっぱいになって、力士がどーん、とぶつかる立ち合いになった。両者はバランスを崩さず、押し合うのを止め、相手のまわしを取ろうとして、四つに組み始めた。そして、上手で相手のまわしを取った力士が見事な投げを打った。上手投げで決まりである。上手投げの英語訳は簡単だが、相撲の決まり手は八十二もあって、鶴田さんが電話で言っていたように、「うっちゃり」とか「いぞり」とかの珍しい技で決められると、すぐには英語訳が出て来ないので、お願いだから英語訳が簡単な技で決めてくれ、とびくびくしていた。幸いにも、この幕内後半の取り組みはすべて、押し出し、上手投げ、下手投げ、叩きこみなどの英語訳が簡単な決まり手ばかりでほっとした。

大統領夫妻への通訳と説明は、実際には一時間程度だったと思うが、あっという間だった。取り組み後に大統領が土俵に上がって、アメリカ大統領杯を優勝力士に渡し、私の役目もここで終わりとなった。相撲の土俵には女性は上がることができないことになっている。もし夫人も土俵に上がって杯と表彰状を渡すことになったら、夫人には遠慮してもらわなければならない。それをどう夫人に説得しようかとひやひやした。だが、夫人は土俵に上がらないことになっていると、関係者から聞かされほっとした。表彰状を渡すのがドイツのメルケル首相だったら、どうなるんだろう、と余計なことを考えながら、私はのろのろと国技館を出た。ＪＲ両国駅への歩道は、千秋楽を観終わった興奮冷めやらぬ観客でごったがえしていて、ほとんど前に進まなかった。早く家に帰りたい私は、ＪＲ両国駅に背を向け、反対方向に歩き、国技館を右に見る脇道に入って、地下鉄両国駅に向かった。新宿にはＪＲでも地下鉄大江戸線でも行けるからだ。相撲の説明の間は緊張していたのか疲れる暇もなかったが、歩き始めたらどっと疲れが出た。だが、言い知れぬ満足感が私を包み込んでいた。

十二　調布、自宅

　アメリカ大統領の通訳ガイドをした三日後、自宅でくつろいでいた時に、携帯に旅行社の鶴田さんから電話が入った。いつもけだるい雰囲気の鶴田さんだが、その日はなぜかさらにけだるかった。

「十亀さん、お元気？　先日はお疲れさまでした。」

「本当に疲れました。今日は仕事の依頼ですか？　それとも、先日の私の通訳ガイドのパフォーマンスが悪い、とそちらにクレームが入ったんですか？」

「いえ、ちょっとややこしいことが起きて…」

「はぁ、何ですか？」

「実は、あの日の大統領夫妻の相撲観戦は、もちろん全国にテレビで中継されていたんだけど、説明している十亀さんも一緒にテレビに映っていたわけ。」

「そりゃそうでしょうね。あんなに近くにいたんですから。」

「それでね、テロップで十亀さんのフルネームも出たんだけど、それを観た一人の女性が、自分は十亀の娘です、と名乗って、テレビ局に連絡入れてきたのよ。」

「はぁ、娘？」

「でね、約三十年前に生き別れたんだけど、十亀という珍しい名前だし、父親に間違いないから、逢いたいって言ってきたんだって。テレビ局は十亀さんの連絡先知らないから私の方に十亀さんの電話番号教えてくれって、言うのよ。教えちゃっていいかしらね。」

「確かに娘はいますが、もう三十年も前に妻の実家で別れたきりですからね。当時二歳くらいの赤ん坊でしたよ。だから逢ったとしても、お互い父娘なんてわからないと思います。テレビ局の『父娘三十年ぶりに逢う』みたいなお情け頂戴番組の企画ですかね？」

「そんなやらせ番組の企画じゃないと思うけど、逢うだけ逢ってみたら。本当は逢いたいんでしょ。ふふふ。」

　どうも鶴田さんと話していると、彼女のペースにはまり込んでしまう。気乗りはしなかったが、私は「自分の携帯番号をテレビ局に教えてもいい」と結局鶴田さんに言ってしまった。すると十分後にテレビ局から電話がかかってきて、先方は明日にでも逢いたい、とのこと。随分急な話で、なんか変だな、と思いながらも承諾し、追って場所と時間を教えてくれるとのことだった。私は狐に包まれたような気分だった。

　佳代子があくびをしながらリビングに入ってきた。彼女は、昨日会社の秋物の服のデザイン検討会で営業と大もめして徹夜をしてしまい、朝方帰ってきた。今日は会社を休むとのこと。

「あら、なんか　浮かない顔しているわね。」

「娘と名乗る人が出てきたので、逢うことにしたんだ。突然の話なんだが。」

「あなた、娘がいたの？　離婚したとは聞いていたけど、娘のことは知らなかったわ。」

「ああ、あまり前の家族のことは話していなかったが、娘が一人いるんだ。」

「なんで今更逢うの？」

「なんでって、先方が逢いたいっていうし…」

「あなたも逢いたいのね。」

「まぁ、そうかもしれぬ。」

「私はどうなるの？」

「え？　私はどうなるのって。」

「逢って、娘がかわいいから一緒に住むの？　そしたら私は邪魔よね。」

「おいおい、そんな話をするつもりないよ。ただ逢うだけだよ。」

「ふ～ん、そうかしら。血は水よりも濃いのよ。」

と言うなり、佳代子はリビングのドアをバタンと閉めて出て行った。

十三　新宿、ホテルのロビー

翌日、テレビ局が指定してきたホテルのロビーに行った。ガイドになって以来、背広を着ていなかったが、今日は特別とばかり、背広を着て行った。指定された時間より四十五分も早く着いてしまい、ロビーのソファに座りながらなんだか落ち着かなかった。手持無沙汰で、逢ったら何と言おうか、と考えているうちにあっという間に過ぎてしまった。

そのうち、三十代前半の若い夫婦とみられる男女と、三歳くらいの男の子の親子連れが、こちらを見ているのに気づいた。多分この親子の女性が娘なのだろう。なんと彼女に子供がいるようだから、自分は知らない間におじいちゃんになっていたのか。娘が近づいてきて私に挨拶した。連れの茶髪の男性も挨拶してきた。私もしどろもどろに挨拶した。

場所をホテルのカフェに移して、娘はぽつりぽつりと、私が出て行った後の妻の実家のことや自分のことを話し始めた。母親は娘が十歳の時に、病気であっけなく亡くなってしまったとのこと。祖父も中学生の時に亡くなってしまい、薬問屋は倒産し、彼女は遠い親戚に預けられ育った。親戚は彼女を短大まで出してくれたが、彼女は短大卒業後、親戚の家を出て一人で暮らして働き始め、現在の夫に出会って結婚した。夫はその当時、イタリアンレストランの見習いだったが、今では独立して店を構え、夫婦でレストランを切り盛りしているとのことだった。娘が一気に話した後、少し気まずい沈黙が流れた。そして娘はおもむろにこう切り出した。

「お父さん、まだ自分の父親に初めて逢ってから　三十分くらいしか経ってないけど、一つお願いがあるの。」

私は「お父さん」と急に呼ばれてどぎまぎした。まだ実の娘に逢ったという実感がほとんどなかった。

「お願いって何ですか？」

「今イタリアンレストランを立ち上げて、二人で頑張っているけれど、なかなかお客さんが来なくて売り上げが少なくてね。銀行からお金を借りていて、返済の時期が迫ってきているの。」

「そりゃ、大変だね。」

「少しお金を融通してもらえないかしら、と思って。」

「お金？　いくら必要なんだい？」

娘に変わって、連れ合いの男性が早口で答えた。

「三百万円あれば、なんとかなるんです。とりあえず三百万円で、当座の運転資金として回して行けるんです。」

「三百万円は私にとっても大金だよ。すぐ、おいそれと出せる金額じゃない。」

「たった一人の娘がお願いしているんですよ。お父さんからの援助が、今すぐ必要なんです。お願いですから三百万円、融通してください。」

男性は別に頭を下げるのでもなく、こちらを見据えてたたみかけるように言い放った。

私はゆっくり答えた。

「融通と言って、貸してくれとは言ってないから、返って来ないお金ですね。今日、私はお金の話をしにここに来たのではないんです。帰らせてもらいます。」

「お父さんが亡くなれば、お父さんの財産は一人娘が相続するので、いずれ我々のものになるんですよ。タイミングの問題だけです。生前贈与として、今我々に必要な時にお金をくれてもいいじゃないですか。」

「まだ、娘と確定したわけじゃないよ。DNA鑑定でもしますか。」

我ながら嫌味な発言とも思ったが、私は素早く席を立ち、自分の紅茶代を置いて、カフェを出た。大きな声で言い合っていたので、カフェの客が、皆私たちのほうを見ていた。私は心がざわざわしていたが、なるべく平静を装い、のろのろと歩いてホテルを出た。新宿駅まで歩いたが、気が遠くなるほど遠く感じた。

十四　調布、自宅

家に帰ったが、どうにも気持ちが収まらなかった。リビングのソファに座って、新聞を読もうとしたがまったく読めなかった。彼女は本当に私の娘なのだろうか？　手の凝った特殊詐欺じゃないか？　といろいろなことを考えた。

佳代子が家に帰ってきた。

「あら、早いのね。娘さんとのご対面はどうでした？　感激して食事でも行くと思って、何も夕食の準備はしてないわよ。」

「どうもなにかの間違いだったようだ。」

「はぁ、間違い？　何それ？　娘に冷たくされて、すねてるんじゃないの？」

「まぁね。いきなり小遣いせびられてね。」

「え、いいじゃないの。父親らしく、どんと小遣いあげたのね。」

「三百万欲しいと言ったから、あげられないと言って、帰って来たよ。」

「あらま。三百万！　娘さんもいきなり大きく出たわね。」

「挙句の果てに俺が死んだらもらえるお金なんだから、早くよこせ、だとさ。」

「結構言うわね。確かに一人娘だから、相続で確実に独り占めできるお金よね。早くもらったほうが何かと得ぅ、と考えたのね。」

「あははっは、娘がいたって、そんなんじゃね。いないほうがましかも。」

「俺が死ぬのを待ちきれないようだ。」

「ああ、本当にそうだ。家族って何だろうね。」

「でも、結局その娘に全財産いっちゃうわよ。面白くないわね。」

「いや、とりあえず娘の取り分を半分にすることはできるよ。」

「え〜、どうやって。」

「君と結婚するんだ。俺が死んだら俺の財産は、君に半分、娘に半分だろ。」

佳代子は呆気に取られて、言葉を失っていた。

「前から言おうと思っていたが、なかなかタイミングがなくてね。」

「私との結婚は、娘に全財産を渡さないための口実?」

「いや、そんなんじゃないよ。君が真の家族だからだ。」

「あら、そう。なんだか変な気分だわ。」

佳代子は大粒の涙を流し始めた。

「それと、この際言っておきたいことがあるんだが…」

私はおもむろに彼女の目を見て言った。

「取締役を引き受けたらどうだ。」

「え、あの話？　気乗りしないって言ったでしょう。私は一デザイナーよ。」

「いや、君が取締役になるのは君だけの話じゃない。デザイン部門のトップが取締役になったら、デザイン部門自体が会社の中で、大きな力をつけるってことだ。今まで取締役がいて発言力が強かった営業や製造部門と肩を並べることになる。デザイン検討会で営業からいろいろ言われて、徹夜しなくても良くなるかもよ。そして何よりも、会社で働く女性たちが活気づく。男性、女性にかかわらず、頑張れば昇進できる、だから頑張ろうということになるよ。会社の女性も君が取締役になるかどうか、実は固唾をのんで見てるんじゃないか。」

「う〜ん、そうかなぁ。」

「それに、俺の財産はたいしたことないから、俺が死んでも、君に大金が入るわけじゃない。だから取締役になって収入をあげて、老後の資金は自分で稼いでくれ。」

「あはは。それは言えてるわね。でも俺が死んだら、とか縁起の悪いこと言わないで。これで、あなたが今後、病気で入院しても、私はもう患者との関係は『知人』と書類に書かなくて済むわ。」


（了）

著者プロフィール

村尾 基（むらお もとい）

1957年東京都生まれ。東京外国語大学イタリア語学科卒業。

会社員を経て、2018年からフリーランスの全国通訳案内士（通訳ガイド業）となる。

2020年　本書「ヴェローナの月」が第15回ちよだ文学賞の大賞最終候補作となり、注目される。東京都在住。

ヴェローナの月／どすこいガイド

2024年２月15日　初版第１刷発行

著　者　村尾 基
発行者　瓜谷 綱延
発行所　株式会社文芸社
〒160-0022　東京都新宿区新宿１－10－１
電話　03-5369-3060（代表）
03-5369-2299（販売）

印刷所　株式会社暁印刷

ISBN978-4-286-24936-0